文春文庫

正しい女たち

千早茜

文藝春秋

目次

正しい女たち

温室の友情

最初、わたしたちは四人だった。

わたしと環(たまき)と麻美(あさみ)と恵奈(えな)の四人。わたしたちは太ってても痩せてもなく、目立って愚図でも飛びぬけて優秀でもない普通の女の子で、大学までエスカレーター式の私立の中等部で出会った。

真新しい制服を着た四十人近い女の子たちを、わたしは見るともなく見つめていた。春の教室は新入生たちのまとまりのない空気で揺れていた。やたらに笑顔をふりまいて友達をつくろうと必死になっている子や体育が苦手そうな妙におどおどしている子、持ち物や髪型が大人っぽくて澄ましている子。そんな中、一人の女の子が目に入った。彼女はことさら自己主張することなく、話しかけられれば深入りしない程度ににこやかに応じて、じっとまわりの子たちを観察していた。

よくわかる。だって最初が肝心。背伸びをしてレベルの高い子と仲良くしたら後々しんどいし、だからといって地味な子とつるんだら派手な子たちのいじめの標的にされる恐れがある。とはいえ、ほどほどのところで誰かを選ばなくては、あぶれて一人ぼっちになってしまう。一人ぼっちは吐き気がするほど怖い。緊張と焦りを気取られないように、そっと深呼吸をする彼女は、鏡に映った自分みたいだった。

目が合った。同じ制服、同じ紺色のリボンタイ、新品の上履き、背格好も同じくらいで、白いソックスとスカートのバランスもよく似ていた。わたしより少し長めの髪は耳の下で柔らかそうにうねっていた。可愛いくせ毛だな、と思った。笑いかけると、彼女も笑ってくれた。それから、小走りでこっちにやってきた。合格。きっと互いにそう思ったはず。

くせ毛のその子は恵奈といった。環と麻美の二人と一緒になって、わたしたちは四人のグループになった。わたしたちは部活動で汗を流すことにも、生徒会に入ったり学級委員になって内申をあげたりすることにも興味がなかった。わたしたちが好きだったことはお喋りと雑誌や漫画のまわし読みだった。

中等部の校舎の裏には、金網のフェンスを隔てて空き家があった。「売り物件」の立て看板は倒れ、伸びた庭木と雑草に覆われ、屋根まで蔦が這った洋風の家だった。殺人事件があったらしい、と生徒たちの噂の的だったけれど、環と麻美が探検に行って温室を見つけてからは、わたしたちは放課後になると忍び笑いを交わし合いながら金網の破れ目をくぐるようになった。

枯れた茶色い花々が垂れ下がる崩れかけた温室を、わたしたちは「秘密の館」と呼んだ。温室の中にはプランターや植木鉢が転がり、中央にはペンキのはげたベンチとテーブルがあって、わたしたちはそこでお菓子を食べながら日が暮れるまでお喋りをした。あちこち割れたガラスは西日をきらきらと反射して、温室とわたしたちの横顔をオレンジ色に染めた。みんなでいれば怖くはなかった。

わたしは一人っ子だった。母は専業主婦で、自分のことを「ママ」と呼ばせ、わたしのことはなんでも知りたがった。休日になるとママはわたしを連れて街へ出て、ひらひらと服を試着し、店員さんと談笑して、女性客ばかりの店で甘いものを食べた。そして、頬杖(ほおづえ)をついてうっとりとした声で言った。

「遼子(りょうこ)ちゃんが大きくなって良かった。こういうの夢だったの。わたしたち、友達みたいな親子でいましょうね」

わたしはパフェから飛びでた大きなフルーツと格闘するふりをして返事をしなかった。わたしはもう知っていた。ママがちょっと過保護すぎることも、その言葉が「隠しごとはしないでね」という意味だということも。

冗談じゃない。

ママとは友達にはなれない。

ママはわたしが初潮をむかえたとき、やめてって言ったのにケーキを買いに近所のケーキ屋さんに走った。ろうそくに火を点(つ)けてパパと二人で笑っていた。ケーキ屋のおばちゃんにも話したに違いない。恥ずかしくて、もうそのケーキ屋には行けなくなった。秘密を守れないのは友達ではない。そんな人と隠しごとをしない約束なんてできるわけがない。ママはわたしを自分のものにしておきたいだけだ。

次の日、温室で泣くわたしの手を、恵奈は黙って握っていてくれた。

高校生になって、わたしたちには彼氏ができた。でも、ママには話さなかった。大学生と付き合っていた環は一番可愛くてませていて、初体験の様子を事細かに報告してくれた。わたしたちもデートで手を繋いだり、キスをしたりするたび報告した。

わたしたちはなんでも話した。それぞれの彼氏のセックスの癖からペニスの形状まで知っていた。そして、デート中に偶然どこかで会ってしまうことがあると、目配せして笑った。わたしたちはまるで自分の身体が四つあるように恋愛を愉しんだ。

大学に入ると、少し様子が変わった。一番大人しかった麻美が彼氏と同棲をはじめて、バイトに明け暮れるようになった。環は芸能事務所に入って本格的にタレント活動をしはじめた。わたしと恵奈が一年間の語学留学から帰ってくると、ひとつ学年が上になってしまった二人の雰囲気が違っていた。いっそうスタイルが良くなった環は派手な服装になっていて、麻美は古着屋の店員みたいな格好をしていた。わたしは恵奈と二人でいることが多くなった。それでも、集まれば際限なくお喋りをした。

卒業、就職を経て、わたしたちは同じ都会でばらばらになった。今はＳＮＳで話す。

たまに二人になったり三人になったりしながらも、わたしたちは友への報告を欠かさない。仕事の愚痴、職場の人間関係、恋人との喧嘩、気になっている服や靴、記念日にしてもらったこと、最近の流行り、行きたい飲食店。思いついたままに言葉や文字にする。それはもう、息をするように自然なこと。

デザイナーとの打ち合わせを終えると、夜の八時をまわっていた。週半ばの水曜。オフィスには戻らずに家に帰ることにした。九時までに湯船に浸かれる日はそうそうない。

地下鉄に揺られながら恵奈にメッセージを送る。
――もうすぐ家。こないだ買ったマッサージオイル使ってみるー。
すぐに既読がつき、しょんぼりした猫のスタンプが現れる。
――いいなあ、残業中。エアコンで乾いてきた……加湿器くらいおいて欲しい。
――化粧品会社なのに加湿器ないの⁉
――うちケチだから。
――インフルエンザ対策ってことでお願いしたら。
――もうすぐ時期終わるよ。
涙を流す白熊のスタンプ。一瞬、手が止まる。恵奈は猫好きなのに、あいつの影響か。
春になったら温泉行こうよ、と話題を変える。いいねー冬の枯れ肌を整えたい、と素早く返ってくる。どこにする？　箱根？　熱海？　それとも東北？　と画面にぽんぽん文字が浮かんでは流れていく。

すぐに最寄り駅に着いた。地下鉄の階段を上ると、乾燥した冷たい空気が吹きつけてきた。コンビニでサラダとヨーグルトを買って、マンションへの道をゆっくりと歩く。住宅街を抜けると、石鹼と湯の匂いがした。ふっと実家を思いだす。

玄関の照明を点けた瞬間、靴箱の上に置いた携帯が振動した。画面を確認してでる。街の雑踏と混じった博之の声が聞こえてくる。騒がしい場所に引き戻されるような気がして、つい耳を少し離してしまう。

「ちょっと近くにいるんだけど、夕飯まだだったらどう？」

「んー、いま帰ってきたとこなんだよね」

「ええ！」と悲痛な声がして、沈黙が流れる。たまにはいいところを見せようと思って、もう店まで考えていたのだろう。

少し悩んで、一人きりの自由な夜を手放すことに決める。聞こえないように小さくため息を吐き、「じゃあ、うちおいでよ」とさっぱりした感じで言う。

「でも、飯が……」

博之は臨機応変に動けないところがある。

「適当なものでよければなんか作っとくし」

そう優しい声で言うと、博之は「わかった。じゃあ、待ってて」と嬉しそうに電話を切った。

数秒、頭をめぐらせる。休日に受け取って廊下に放置したままの段ボール箱から、鯖の水煮缶とトマト缶を取りだす。急いで居間に入り、コートを脱いで、キッチンコーナーへ行く。米をといで炊飯器にセットする。冷蔵庫の中のしなびかけた玉ねぎを薄く切って鍋で炒め、トマト缶とだし汁を入れる。そこに使いかけのカレールーともらいもののチャイ用スパイスを投入して醤油とケチャップで味を調え、黒胡椒を挽いて煮つめる。鯖は崩れるので煮つまってから入れる。コンビニで買ったサラダは皿に盛る。

くつくつと平和な音をたてる鍋の横で、流しにもたれながら恵奈と温泉計画の続きを練った。途中から恵奈の恋愛相談になる。彼と旅行とかしたいけどやっぱり難しいかな、と悩んでいる。慣れてそうだし大丈夫じゃない、と打ちたいところを我慢して、したいことが自由にできないのは辛いね、と共感の姿勢を保つ。

白米の炊ける匂いが漂いだした頃、チャイムが鳴った。ごめん博之きちゃった、と送りかけて、すぐ消去する。一人でいる恵奈が寂しい気持ちになってしまう。

ドアを開けると、鼻をひくつかせた博之が満面の笑みで「カレーだ!」と言った。

「レトルト?」

「ううん、いま作った」

「嘘、こんな短時間で？」

「短時間でできるカレーだから。カレー好きでしょ？」

「すげえ好き」と博之が笑う。素直に可愛いなと思う。歳が同じだと喧嘩も多いけれど、楽で居心地の良い関係を築きやすいと思う。恵奈は弟がいるせいか、年上の男性に惹かれやすい。

「小包？」

博之がネクタイをゆるめながら床の段ボールに目を落とす。

「うん、母から」

つい、ため息がもれてしまう。両親は父の退職を機に、母の実家の和歌山に居を移した。わたしがあまり実家に帰らないせいか、母はしょっちゅう小包を送ってくる。

「見てこれ、要らないものばっかり。ラップとか、食器用洗剤とか、近所のコンビニでも買えるものを送ってくる意味がわからない。わたし、こんな健康サンダルとか履かないし」

ピンクのイボがたくさんついたサンダルを見せると、博之はぷっと吹きだした。

「あ、でも、俺これ好き」と、菓子箱を手に取る。勝手に包装紙を破き、花柄の紙箱をあけた。銀色のレトロな紙に包まれた四角い菓子が、石鹸のようにきっちりと箱に収まっている。

「ほら、やっぱり。デラックスケーキ」

「え、甘すぎない？」

「まあ甘いけど」と、菓子箱を持ったまま博之が立ちあがる。慣れた足取りで居間に向かう背中に呟いてしまう。

「ずれてるんだよね」

「ずれる？」

「母はね、昔からわたしのことなんて見ていない。自分の思い描いた理想の娘の幻想を見ているの。だから、わたしが欲しいものと、母がしてあげたいことが昔から微妙にずれるの。そのデラックスケーキもね、可愛いでしょって毎回送ってくる。でも、わたし、可愛いものも甘いものも昔からそんなに好きじゃない」

「そうなんだ」

「なのに母はわたしのことを自分が一番わかってると思ってるの。自分がすることはぜんぶわたしのためになることだって信じて疑わない。そういうのちょっとしんどくて」

けっこう真剣に話したのに、博之は困ったように笑った。

「ふうん。なんかよくわかんないけど、親心ってやつなんじゃないの」

張り合いのない答え。恵奈はわかるわかると共感してくれたのに。「親って小さい頃のまま記憶が止まっているよね。うちも恵奈が好きなものだよって月餅や芋羊羹を持ってきて困る」「恵奈そんなの好きだったっけ？」「一度も好きなんて言った覚えないよ！もうね記憶すら間違っているんだよ」そんな会話が蘇り、萎えかけた気分が和らぐ。

まあ、博之は親の建設会社で働いているような坊ちゃんだから仕方ないか、と諦める。

「ご飯、もうすぐ炊けるけど、先にシャワーあびる？」

「いや、食う。もう腹ペコで」と、博之はコンビニのビニール袋から缶ビールを取りだして食卓につく。背広とネクタイを預かる。きっと結婚してもこんな感じなんだろう。

「あ、これ遼子に」

デパートの紙袋を渡される。真っ赤な大粒の苺が箱にきれいに並んでいる。夜にケーキなんて買ってこないところが気が利いている。博之は去年、一級建築士の資格を取った。仕事も順調なようだしそろそろなんだろうな、と思いながら「果物、嬉しい」と喜んでみせる。後はうまく結婚の流れに持っていくだけだ。焦りは禁物。

「そのデパート、遼子のブランドが入ってた」と、渡したグラスに缶ビールを注ぎながら博之が言う。わたしが企画を担当しているブランドということだろうか。うちのアパレル会社は大きいので、このデパートだったら女性服は三ブランド、カジュアルメンズフロアにも一店舗入っているが深く追求しないでおく。

「恵奈の化粧品会社も入っているんだよ」

恵奈にメッセージを送りながら言う。雑談が続いている。化粧品と服という違いはあれ、わたしたちは偶然にも同じ企画職に就いたので仕事の話も合う。

「中学から一緒の子だっけ？」

「そう、あと環と麻美も」

博之は泡だつグラスを一気に空にすると、満足げに息を吐いた。デラックスケーキの銀紙をむいてぱくりと頬張る。見ているだけで、うえっとなる。カステラにジャムを挟んでホワイトチョコでコーティングした菓子だ。どう考えてもビールには合わない気がするが、甘党の博之は目を細め、「仲いいよなあ」なんて言いながら咀嚼(そしゃく)している。

一人分のランチョンマットを敷いて、サラダとカトラリーをだす。

「そうだね、なんでも知ってるよ」

「なんでも？　俺のことも話してるの？」

「もちろん。女同士って秘密がないから」

「ちょっと怖いな、それ」と、博之が目をそらして笑う。

「どうして」

「だって、敵にまわしたら終わりってことじゃない」

炊きあがりを知らせる電子音が鳴った。聴いたことはあるけれど曲名を思いだせない音楽は長々と間抜けに響いて、訊き返すタイミングを失う。

楕円の皿に湯気のたつご飯をよそい、赤茶色のカレーをたっぷりとかけてランチョンマットの上に置くと、博之はさっきまでしていた会話などすっかり忘れたように食べはじめた。食べ物への態度ってセックスのときのそれとかぶるなあ、と思いながらがっつく様を見つめる。どうしたらこんな風に欲に対してまっすぐになれるのだろうか。見られていることを意識せずに。無防備だな、と思う。

「うまい！　これ本当にいま作ったの？　肉、めっちゃ柔らかいんだけど」

「それ、魚。もう三十過ぎたんだし健康に気をつけないと」

「魚だから、なんか優しい味なのか」

「だしもねカツオだしなの、胃もたれしないと思うよ」

だしパックでとったものだけど。魚と肉の区別すらつかないところはげんなりするが、それくらい食に疎いほうが結婚するのには楽な気もする。

「あれっ、遼子は食べないの」と、やっと気付く。「実は食べてきちゃったんだ」と嘘をつく。こんな時間に炭水化物なんかとれるわけがない。「なんか悪かったな、作らせちゃって」と言いながら博之の食べる勢いは落ちない。

流しへ行って、自分のためにカモミールティーを淹れる。かすかに酸味のある青くさい香りを味わっていると、キッチンカウンターの向こうから博之の声がした。

「遼子ってサバサバして仕事もできるのに、料理上手で優しくていいよなあ」

わかってない。思わず笑ってしまった。聞こえたのか、「え」と首を傾げられる。

「あのね、仕事ができる女はたいてい料理もうまいの。どっちも手際が大事なんだから。それにね」

マグカップを持ったままテーブルに戻り、席につく。

「サバサバした女なんていないよ」

「なんか怖いなー」

博之がスタンプのようなおざなりな笑顔で言う。口の中の米粒が見えた。

またそれか。男は女のこととなると怖がってばかりだ。これだから、本当のことは男には話せない。「怖くないって」と仕事用の笑顔を貼りつける。ああ、面倒くさい。わたしが素の顔を見せられるのは恵奈たちの前だけだ。

携帯を確認する。恵奈に送ったメッセージが既読にならない。まさか、あいつに会いにいったのだろうか。恵奈が送ってきた白熊のスタンプが気になる。

落ち着かなくて、博之の食べかけのデラックスケーキを手に取ってしまう。菓子箱には薔薇が薄い色彩で描かれている。母もこういう模様のエプロンをしていたなと思いながら、ひとくちかじる。しっとりとした食感。まとわりつくような甘さ。母の甘ったるい喋り方を思いだす。

「うまくない？」

「うん、まあ」と歯についたホワイトチョコを舐め取る。空腹時の糖分は身体を重くさせる。どろりとした眠気が絡みついてきて、頬杖をついた。
おいしくなくはないけれど、やっぱりわたしには甘すぎる。

二ヶ月前のことだ。

年末にあった、恵奈の会社の新製品イベントでその男に会った。

「えっちゃん」と、男は呼んだ。

親戚の子どもをお菓子で手懐けようとするような甘ったるい声だった。

「なに飲む？　あったかいもの作ってもらおうか」

薄暗い店内で男は肩を寄せるようにしてささやき、恵奈が背中の後ろに置いたバッグをそっと取って、店員に荷物入れのかごを持ってこさせた。

「立ちっぱなしで疲れたでしょう。のびのび座りなよ」と微笑む。こざっぱりとした服装で若作りしているが、肌の質感は五十手前といったところだろう。加齢臭を隠すための気取ったフレグランスが鼻についた。

気持ち悪い、と思った。男よりずいぶん年下とはいえ、恵奈はもうすぐ三十一になる、都会的で洗練された女性だ。学歴もキャリアもある。そして、恵奈は男性の前で椅子に深々と腰をかけたりなんかしない。いつも背筋を伸ばして浅くかける。そんな猫の子を撫でまわすような扱いをしないで欲しい。

「西村さん」と恵奈はわたしに男を紹介した。イベント会場で、もうすぐ終わるからちょっとだけ飲もうと誘われ、指定されたバーラウンジで待っていたら、恵奈はその「西村さん」とやってきた。仕事がらみで知り合った広告代理店の人だと聞いていたので、会場で会うことになるとは思っていたが、一緒に飲むことになるのは想定外だった。

男は悪びれもせず左手の薬指に指輪をしていた。どういうつもりだろう、とわたしがちらりと見ると、ゆったりと笑ってメニューを差しだしてきた。「恵奈と同じものでお願いします」と言うと、男はミモザを頼んだ。

舌の上で優しくはじける泡を味わいながら男を観察した。白熊みたいな人なの、と恵奈は言っていた。確かに、色白で肩幅が広く、鷹揚（おうよう）な雰囲気は大きな動物を思わせた。鼻が高く、少し異国めいた顔立ちのせいか、表情を読みにくかった。恵奈がわたしに二人の関係を話していることを知っているのだろうか。

男がわたしを見て、にっこりと笑った。

「いつもお話をうかがっています。中学からの親友なんですよね」

恵奈が嬉しそうにわたしたちを見ている。なかなか外で会えないのかもしれない。ふと、利用されているのかなと思った。

「そうですね」と、必要最低限の返事だけした。お代わりを聞かれて断った。口当たりの好い酒は思いのほか酔いを運んできた。ゆるんだ視界で男と恵奈が談笑している。

あんたになにがわかる。妻がいるくせに年下の女に甘ったるい声をだす気持ちの悪い男。恵奈はあんたの前では我慢ばかりしている。嫌われたくなくて我儘（わがまま）も言えないのに。恵奈はあんたに本心なんて絶対に見せない。

男はわたしに名刺をくれた。うちの会社も付き合いのある有名な広告代理店だった。恵奈を信用しているのか、なにも考えていないのか、よくわからなかった。

「大人で、まったく怒らない人なの」と恵奈はよく言っていた。男は確かにずっと口元に微笑を浮かべていた。不遜な顔だと思った。

耳を澄まさなければ気付かないほどひそやかにクラシック音楽が流れている。まわりのテーブルの声や皿とカトラリーの擦れる音が、高い天井で反響して散らばっていく。

「ごめーん」と高い声が響いて、こつこつとピンヒールを鳴らしながら環がやってきた。白いパンツの上に薄ピンクのオフショルダーニットを着ている。わたしと恵奈は「やっぱり」と笑う。

「え、なにー」

「環は絶対にオフショル着てきそうって話していたから」

「だって流行りじゃない」と、紅い唇を尖（とが）らせながら店員からおしぼりを受け取る。昔から流行を一番早く取り入れるのは環だった。

「遼子こそ相変わらずの仕事ができるオーラ満載のモノトーンコーデじゃない」

「遼子はきりっとした服が似合うからね」と恵奈が言う。「髪もまっすぐだし」

ふわっとしつつ知的な恵奈は淡いブルーの配色が多い。環に言わせると、男受けがいいお姉さんっぽい服装らしい。

「二人はどっか行っていたの？」

「うん、ネイルサロン」

「と、ちょっと買い物」

わたしと恵奈は服の趣味が合うので、一緒に買い物に行く。使っているネイルサロンもヘアサロンも同じだ。月に一回エステに通い、年に二回ほど旅行や温泉を楽しむ。同じくらいの収入だからできるのだろう。

環が飲み物を頼む間、わたしと恵奈は上司の愚痴の続きを話した。わたしの会社も恵奈の会社も、販売員も含めて女性が圧倒的に多いのに、役員は男性ばかりという古い組織だ。上に行けば行くほど鬱憤が溜まる機会は増える。

「男と働くのってほんと面倒くさい。いちいち自分を大きく見せようとしてこない？」

「あーわかる。ちょっとでも付加価値つけようとして自分語りとかしてくるよね。そんなことどうでもいいから、さっさと用件だけ済ませて欲しい。なんだかんだ合理的じゃないのは男のほうだと思う」

「ほんと、感情論優先するし。でも、自分語りにすごいですねって言ってあげないと後でもっと面倒だしね」

「男のプライドね、そんな意味わからないもの職場に持ち込まないで欲しいわ。家で誇示してればいいのに」

　働く上で休日のメンテナンスは必要不可欠だ。エステやネイルサロンや買い物で身体のメンテナンスをして、女友達とのお喋りで心のメンテナンスをする。

　環がまわりをちらちらと見た。会社の話をやめる。高校の頃、こうしてみんなでいると、環はよくスカウトマンに声をかけられていた。バイト禁止の学校だったので、こっそり雑誌やテレビの仕事をする環はわたしたちの誇りであり憧れだった。彼女は今も華やかな業界にいる。

「ここってテラス席ないんだね」

「まだ寒いでしょう」と恵奈が言う。

「麻美は？」

「今日は無理みたいよ」と答えると、「アミューズのウフブルイエでございます」と卵が殻のまま立った状態ででてきた。殻の天辺が切り取られていて、ウニが盛られている。

　環がすかさず写真を撮る。

　中はとろりと濃厚なスクランブルエッグのようなものだった。わたしたちはしばし無言で、小さなスプーンで殻の中身をすくった。真っ白な卵の殻は透けそうに薄くて、気を抜くとスプーンの先で割ってしまいそうだった。

「美味しいけど緊張するね」と、食べ終えた環が息を吐いた。

「こんな薄い殻で守れるのかな」

ぼそりともれた言葉は「あ、パンにつければ良かった」という恵奈の残念そうな声にかき消された。

「でも、まだパンきてないし」

環がまた店内を見まわす。誰かが自分を見ていないか探るように。

卵の殻が運ばれていくとき、名残惜しい気持ちがわき起こった。衝動的に、ぐしゃりと手のひらで握り潰してみたくなった。もちろん、しないし、言わないけれど。

「なんで麻美こないのかな」と、環が話題を戻す。麻美は銀行に就職したが、すぐに結婚して辞めた。三年前に子どもが産まれて、夜はほとんど遊びに出なくなった。

「麻美がお迎えあるっていうからランチ会にしているのにねえ」

駄目だよ、と思う。いない人を否定したら女の友情はひびが入りだす。さっきの薄い殻のように。ただでさえ、麻美はここのところ集まってもあまり会話に参加せず黙って笑っているばかりなのに。

「環はあんまり連絡取ってないの、最近？」と、恵奈が炭酸水の入ったワイングラスに手を伸ばす。

「グループラインくらいかな。ママ友とかとのほうが話も合うみたいだし」

否定も肯定もない緩慢な空気が流れる。前菜らしきものが皿に置かれた。

「イカのバジル和えと、ホタテと赤貝のサラダ仕立てでございます。ソースはパッションフルーツのピュレを使っております」

機械的な説明を聞いて、ナイフとフォークを手に取る。食欲はあまりなかったけれど、ここに座っている以上、目の前にだされたものは食べるのがルール。都会で生きているとルールはたくさんある。そして、恥をかかないために、道を踏み外さないために、同じルールのもとにいる人を選んで付き合う。

「下マツゲとはどう？」と環に訊いた。環が付き合っている放送作家の下マツゲが長すぎて、セックスのときに気になって仕方ないという話で前回は盛りあがったのだ。

「先週、別れちゃった」

「次は？　どうせもういるんでしょ」

「それがさあ、ここにきて尽きたって感じ。これが三十の壁かなあ。そろそろ結婚しないと駄目なのかも。遼子は建築士くんとどうなの？」

「別に可もなく不可もなく」

わたしもそろそろ結婚かと思っているけれど、恵奈の前ではなんとなく言いにくかった。空気を読まず環が訊く。

「恵奈はまだ不倫してんの？」

一瞬、恵奈の表情がかたまった。けれど、すぐに「もうそんなこと大きな声で言わないでー」と笑う。

「だってほんとのことじゃない。深みにはまる前にやめたほうがいいよ」

「いいの、いまは結婚とか考えられないから。仕事も忙しいし」

「そうそう仕事」と環が顔をあげた。

「遼子も恵奈も企画とかしてるんだよね。新商品の宣伝とかイベントとかでなんか仕事ないかなあ」

同時にためらう。「モデルさんは外国人を使うことが多いんだよね……」と答えると、

「うちも」と恵奈も続いた。

「そっか」と環がため息をついてぼそりと言った。

「二人はいいよね、昔から頭よかったし、一流企業に就職できて」

「そんなことないよ」と恵奈がにっこり笑う。「環もなんか資格とか取ってみたら？後々、役にたつかもよ」

「そんな勉強するお金も時間もないんだって」と、環がひと息に言った。

恵奈がなにか言いかけて呑み込む気配がした。環は気付かず、運ばれてきたパンをち

ぎっていた。

恵奈の気持ちはわかる。わたしたちは特別、勉強ができる子どもではなかった。中学のときはみんな同じくらいだった。高校になって、環の背がみるみる伸びて可愛くなったときは羨ましくもなった。だから、わたしたちはせめて語学力をつけようと留学もしたし、就職活動もがんばった。そんな風に昔から恵まれていたみたいな言い方はフェアじゃない。

でも、恵奈は少しばかり間違えた。正論を言っては駄目なのだ。伝わらないし、溝をくっきりさせるだけになる。

皮を香ばしくバターで焼いた鯛も、崩れるように柔らかく煮た牛の頬肉も、桜のソルベもあまり味がしなかった。

環は新しい皿がでてくる度に携帯で写真を撮った。環のSNSはわたしたちとは二桁もフォロワー数が違っていて、そこではとても話しかけられない。今日はきっと卵の料理が載るんだろうな、と思った。

店を出ると、環は習い事があると慌ただしく去っていった。恵奈とお茶でもしたい気分だったけれど、言うべきではないことを口にしてしまいそうだったので誘わずにおいた。今夜は家で映画でも観ようかな、と恵奈はひとりごとのように言って改札に消えた。ふり返ると、目が合った。小さな手がひらひらと揺れた。

夜は博之と約束がある。けれど、彼にもやもやする胸の裡を話しても、きっとただの愚痴としか受け取ってもらえないだろう。

息を吐いて一駅分歩いた。三月なのにずいぶんと風が冷たい。ふと、立ち止まり、今日がホワイトデーだと気付いた。恵奈の一瞬かたまった顔が浮かんだ。

暗闇の中、なにかが鳴っていた。携帯のアラームを止めようとするが音は消えない。手探りで眼鏡をかけると、夜中の二時だった。ベッドに入ってから一時間しか経っていない。携帯の画面にはずらりと通知の文字が並び、そのどれもが恵奈からの着信とメッセージだった。

ようやくはっきりしてきた頭にまた音が響く。部屋のチャイムだった。

カーディガンをはおり、冷たい廊下を足音をたてずに玄関まで行く。小さな覗き穴から外をうかがうと、恵奈のゆるいくせ毛が見えた。肩を震わせている。

「どうしたの」とドアを開ける。恵奈は目を見ひらいてわたしの顔を凝視すると、なぜか一歩下がった。

「寝てたのに、ごめんなさい」と、いまさらなことを言う。

「入りなよ、寒いでしょう。ごめん、ぜんぜん気付かなかった」

ごめん、という単語をわたしが口にした途端、ふっと恵奈の身体から力が抜けた。顔を両手で覆う。肩を抱くようにして室内に招き入れる。触れたトレンチコートのかたい生地はひやりと冷たかった。

ひざ掛けを渡して、ソファに座らせると、台所で湯を沸かした。あいにく牛乳を切らしていたので、マグカップを温めて市販の黒糖生姜湯に湯をそそぐ。自分の分と二つ、両手にマグカップを持って居間に行くと、恵奈はまだコートを着たままだった。

マグカップを手に持たせて、「寒い？」とエアコンの温度をあげる。恵奈は小さく首をふった。手の中の湯気をじっと見つめている。

真夜中の部屋は静かで、わたしと恵奈のひっそりとした息づかいしかなくて、ふと中学の頃の古い温室でのひとときを思いだした。あのときは、わたしが泣いていた。

「家に行っていたの」

ぽつん、と恵奈が呟いた。

「家？」

「西村さんの家。終電を逃して、タクシーを拾ったら、つい、彼の家の住所を言っていた。ちょっと疲れていて、さびしくて、私はこんなにへとへとなのに一人ぼっちで、でも彼は家族といるんだと思うとなんか……もう止められなくて……ひくよね」

「恵奈」

背中を撫でる。恵奈は息を深く吸って、吐いた。

「大きなお家だった。きれいで、すっきりした、マイホームって感じの。玄関に子どもの自転車があった。二階の明かりが二つ点いていて、消えるまでずっと見ていた。帰ろうと思ったんだけど、気付いたらチャイムを押していたの。一回だけ。でも、すぐに二階の明かりがぱっと点いて……怖くなって逃げてきた」

恵奈は真っ白な顔をしていた。どこか遠いところを見ている。住宅街の夜に魂を置き忘れてきたみたいだった。恵奈は自分のしたことを後悔している。こういうときは安易に共感したり、肯定したりはできない。ただ背中を撫で続けた。

でも、ひとつ気になった。あの男は大胆だが、抜け目がなさそうに見えた。

「恵奈、白熊の住所をどうして知っているの？」

恵奈の身体がびくりとこわばった。わたしを見る。すがるような目だった。

「遼子、幻滅しない？」

「しないよ」

「絶対？」

「絶対に。わたしはいつでも恵奈の味方だから」

恵奈が欲しかったであろう言葉を口にすると、恵奈はほんの少し安堵の表情を浮かべた。けれど、すぐにうつむいて唇を嚙んだ。

「……財布の免許証を見たの、彼がシャワーを浴びている間に」

恵奈はマグカップをサイドテーブルに素早く置くと、コートのポケットから折りたたんだ紙片を取りだした。手帳から破り取ったもののようだった。

「これ、西村さんの家の住所。ねえ、遼子、お願い、これ捨てて。覚えてないから、もう行かないから、お願い、遼子が捨てて」

顔を背けて、紙片を差しだしてくる。

自分の意志ではどうにもできないところまできているのか。駄目だよ、恵奈、もうそんなことをしている歳じゃない。不倫なんて時間の無駄だ。恵奈が心を乱すなんて、あいつにそんな価値はない。でも、そんな正論を言っても、恵奈はわたしに突き放されたと思って、ますますあのくだらない男にのめり込むのだろう。

紙片に手を伸ばした。恵奈がはっとわたしを見る。

「わかった」と笑顔をつくる。恵奈の手から取って、立ちあがる。薄くて軽い、ただの紙切れ。こんなもの、要らない。

トイレに行って、水を流す。

「はい、おしまい」

音をたてて手をはたいて、湿っぽい空気をわざとらしく払拭した。恵奈はちょっとだけ笑った。

その晩はずいぶんひさびさに一緒に眠った。

薄いブルーのシャツに白いフレアースカートを合わせて、淡いベージュのスプリングコートをはおる。髪はヘアアイロンでゆるいウェーブをつけた。

鏡に映る顔を確認する。大丈夫だ。博之にもらった婚約指輪の箱にそっと触れて立ちあがる。

今日、恵奈は休日出勤をしている。携帯をだして「西村さんは会社の花見なのに」という文章の後についた酔っぱらった白熊のスタンプを眺める。

あの晩以来、恵奈は前にも増して西村さんのことばかり話すようになった。それはいい。けれど、話すことで鬱憤が解消されても、根本的な問題は解決しない。それには、もっと大きな動きが必要だ。

もっと、確かで、決定的な。

通りに出てタクシーを拾う。メモをだし、文字を読みあげる。見慣れた筆跡。

白くかすんだ景色が車窓を流れていく。春の空気は、恵奈たちとはじめて会った入学式を思い起こさせる。今みたいに、吐き気がするほど緊張していた。同時に、静かに昂奮してもいた。信号で停まったすぐそばに、桜並木が見えた。桜の花びらがちらほらと音もなく散っていた。窓ガラスに張りついた花びらは薄く頼りなく、タクシーが発進するとあっという間に消えた。

二十分ほどで目的地についた。運転手に礼を言い、お金を払い、見知らぬ住宅街に降り立つ。

表札を確かめて、手の中のメモを握り潰した。くしゃり、という感触に、真っ白な卵が浮かんで、ばらばらに砕けて散った。

花が散り、新緑の葉が茂った頃、恵奈から電話がかかってきた。雨音の向こうで、恵奈は泣いていた。そろそろ梅雨だろうか。恵奈は子どもみたいにしゃくりあげながら「遼子、聞いて」と言った。

もちろん、と心の中で呟いて、「どうしたの」と優しい声をだした。

「ひさしぶりに西村さんに会えたんだけど……」

「忙しいって言われてたんじゃなかった？」

「うん……ずっと、だから仕事の用事を無理に作った。そしたら、言われたの。ああいうことされると困るんだよねって。笑ってたけど、すごい冷たい目だった。女房に話すとかルール違反でしょ参るよって。でも、私そんなことしていない。確かに家に行ったことはあるけれど、していないのに……遼子は信じてくれるよね」

「うん、恵奈はそんなことしない」

数秒、考え込むふりをする。

「もしかして、誰かと間違えてるんじゃない？」

「そう……だよね。西村さん、きっと、私だけじゃなかったんだね……。うちはめちゃめちゃだって言われた。あんな西村さんの声……はじめて聞いた」

ほら、やっぱり。

恵奈がすべてを打ち明けてくれるのはわたしだけだ。

「最低」と、わたしは言った。ゆっくりと、烙印を押すように、恵奈の胸にその言葉を焼きつけた。

「恵奈を傷つけるなんて、ほんと最低」

泣きじゃくる恵奈を慰めながら、あの男が余裕をなくした顔を想像した。


「遼子さん」

名を呼ばれて、つい足を止めてしまった。落ち葉を巻き込んだ冷たい風が吹きつけてきて、一瞬目をとじる。見慣れない男がわたしを見下ろしていた。通りを行き交う人が邪魔そうにわたしたちを見る。

「ああ、やっぱりそうだ、遼子さんですよね」

悠然とした微笑みで、白熊こと西村さんだと気付く。恵奈の「昔の男」のカウントにも入らない、くだらない不倫男。わたしたちの間で抹消された存在が馴れ馴れしくわたしに話しかけてくる。この男を見るのは、一年ぶりくらいだろうか。

「いやあ、すみません。懐かしくって、つい声をかけてしまって。そのボルドーのパンプス素敵ですね」

「ありがとうございます。うちの秋冬ものの定番です」

「ああ、そうそう、これから御社に伺うところなんです」

いまわたしが出てきたばかりのオフィスビルを指す。

「そうですか、お世話になります。申し訳ないのですが、わたくし本日は半休をいただいているので失礼致します」

「まだちょっと時間があるので、お茶でもいかがですか？」

空気が読めないのか、読む気がないのか、男は微笑みを崩さない。目尻の皺（しわ）が心なしか増えた気がした。

「いえ」と短く断る。食い下がられる前に言った。

「恵奈でしたら、もうすぐ結婚しますよ」

沈黙が流れた。ややあって、男はふっと笑った。

「参ったな、遼子さんにはぜんぶ話しているって言っていたもんなあ。女性のそういうところ、僕はちょっと理解できなかったけど。心配しなくても、もう連絡しませんよ」

わかればいい。「では」と去ろうとすると、男がまた口をひらいた。

「だって、いま、えっちゃんに会いに行ったら、きっと遼子さんと同じ目で見るんだろうから」

特に返す言葉はなかった。「えっちゃん」という甘ったるい声音が不快だった。どうして男って関係があったときのまま時間が止まるのだろう。都合のいい生き物だ。心底、気持ちが悪い。黙って背を向ける。

「遼子さんもないの」

「え」

突然、投げかけられた言葉に思わずふり返ってしまう。目が合った。男の目は笑っていなかった。覗き込むようにわたしを見ていた。

「隠しごと」

君じゃないの。だって、ぜんぶ知っていたのでしょう。

そんな声が聞こえた気がした。唾を呑み込んで、睨みつける。

「どうしてあなたに話す必要があるんですか」

男は愉快そうに笑った。風で乱れた髪を軽く直す。その左手に指輪がない。

「すごいね、すごい信頼関係だ」

背を向けて、もうふり返らなかった。男が冷たい目で微笑みながらわたしを見つめている気がして背筋がぞっとした。街路樹の並ぶ通りを早足で歩く。

わたしは間違っていない。

だって、あのまま不倫を続けさせるわけにはいかなかった。恵奈の人生が狂ってしまう。わたしは恵奈のために、あの男の家のチャイムを押した。あの男の妻に、恵奈に代わって知っているすべてを洗いざらいぶちまけた。それで家庭が壊れようが自業自得だ。

ずっとずっと一緒だから、恵奈の仕草も喋り方もよく知っている。服もメイクも、ぜんぶ。わたしは簡単に恵奈になれる。恵奈の気持ちだって誰より知っている。だって、親友なのだから。

いま、恵奈は幸せだ。わたしが紹介した、博之の後輩ともうすぐ入籍する。真面目で将来有望な弁護士だ。なにより、恵奈に夢中で、プロポーズも彼からだった。

夫ができたら夫の愚痴を言い合い、子どもができたら相談をし合いながら、わたしたちはずっと友達でいられる。

女の友情はもろいから、ちょっとした環境の違いでひびが入るから、こうやって同じように進んでいくのが一番正しい道。そうしなきゃ、一人ぼっちになってしまうから。

携帯が着信を報せる。

恵奈からだ。今日は結婚式のドレスを一緒に選ぶ約束をしている。

「ごめん、あとちょっと。急ぐね、ほんとごめん」

謝りながら角を曲がる。ショーウィンドウに映った顔にぎくりと足が止まる。耳元で恵奈がなにか言う。聞きとれなくて反応が遅れた。「どうしたの」という不安そうな声に、「なんでもないよ」と笑った自分の顔は母にそっくりだった。わたしを自分のものにしておこうとする甘ったるい笑顔。まとわりつくような菓子の味が口の中にひろがっていく。

電話を切って、ショーウィンドウから目をそらす。

見間違いだ。違う。

だって、わたしは間違っていない。

たったひとつ、嘘をついたけれど、間違っていない。

踏みつけた落ち葉が、ヒールの下でくしゃりと音をたてて砕けた。

海辺の先生

「向田（むこうだ）さんってどんな高校生だったの？」

隣の席から、課長が充血した眼で覗き込んできた。つい、課長の手元のグラスを確認してしまう。三杯目の生ビールがもう数センチばかりになっている。グラスの内側にだらしなく広がった泡を眺めながら、ドリンクメニューを手渡す。

「ここ、ワインもあるみたいですよ」

「あ、わたしもワイン飲みたいー、白がいいです」と、去年、新卒で入社した岸さんがひらひらと手をあげる。カラフルな爪に埋め込まれたラインストーンが照明を反射した。ドリンクメニューを広げて蘊蓄（うんちく）をたれはじめる課長と口元だけで笑みを浮かべる岸さんから目をそらして、干からびかけた生ハムとようやく立っているという感じの薄いスペイン風オムレツをフォークの先でひっかけて口に入れる。空いた皿を重ねて、店員が持っていきやすいようにテーブルの通路側に寄せた。若手の男性社員たちはスマホを突き合わせてアプリゲームの話題に夢中だ。それに顔をしかめつつ注意できない、課長をはじめとした中年男性たちが女性社員に絡んでくる。

「いやあ、向田さんって気が利くよね。あんまり飲み会こないのに」

男性にしては高めの声がした。斜め前の谷崎さんが後退した額をおしぼりでごしごしこすっている。そのおしぼりは谷崎さんのおしぼりではなく、彼の隣の派遣バイトの知美ちゃんのもので、それに気付いた知美ちゃんが露骨に嫌な顔をする。新しいおしぼりを頼んであげようかなと思ったが、気が利くことを証明するみたいで、「そうでもないですよ」と笑ってごまかす。

「ぜんぜん酔ってないでしょう。ちゃんと飲んでる？」

ワインを頼み終えた課長が話しかけてきて、「飲んでますよ」と両手でジントニックを免罪符のように掲げる。

「昔からそんなに真面目なの？」

「あんがい学生の時は不良だったりしてな」

「あー、それでどんな高校生だったかって訊いてたんですか。セクハラだって思っちゃいました」

「おいおい、別に制服の種類を訊いたわけじゃないんだからセクハラにはならないだろう」

何もおかしくないのに赤ら顔の集団が笑う。みんな背筋がぐにゃぐにゃゆがんでいる。よく知っている空気。酒と煙草と安っぽい香水の臭い。都会にあって、少しばかり店内が洒落(しゃれ)ていても、人がアルコールを介したコミュニケーションを求めて集う場はどこも同じ臭いがする。

　酔った人たちの中にいると、どんどん頭が醒(さ)めていく。この感覚を思いだしたくなくて酒の席を避けているのに。そう、高校生の頃から。だから、私はいつも――

「眠かったですね」

　気がついたら、つぶやいていた。「へ」とも「え」ともつかぬ声で誰かが訊き返す。笑いをふくんだ酒臭い息で。

「高校の時はいつも眠かったです」

　一瞬、場が静まり返って、「思春期だもんな」とか「わたしも朝練あって眠かったですね」とか、皆が口々に当たり障りのないことを言い、私の発言はごく一般的なものとして流された。

　愛想笑いを浮かべながら次の話題に移るのを待ち、岸さんが最近はじめたというピラティスの説明をしだすと、そうっと息を吐いた。

　すぐそばのテーブルで大きな笑い声がおきる。スーツ姿の男性たちが互いに「先生」「先生」と呼びかけながら酒を注(つ)ぎ合っている。先生、か。

　店の喧騒(けんそう)はやはり実家のそれによく似ていて、課長の前の、吸い殻でいっぱいになった灰皿が目についた。

うちはスナックだった。海沿いの田舎（いなか）町の、壁にくっついた合皮のソファとカラオケとカウンターのある、いかにも地元のスナック然とした店だった。

中学の終わりに両親が離婚をし、母親は空き家になっていた自分の実家に私を連れて引っ越した。高速道路のまわりに建てられたホテル街と、灰色の海に面した食品工場群のちょうど間くらいにある二階建ての家だった。亡き祖父が一階で営業していた喫茶店は、厨房機器もカウンターもそのまま残っていた。接客業しか経験のなかった母は、知人の勧めもあって飲食店を経営することにした。改装工事は短期間で済んだ。

私は店が出来あがってはじめて、それがスナックであることを知った。奇妙に流麗な書体で「美優（みゆ）」と書かれたスタンド看板は海からの潮風ですぐに錆（さ）びて、もうずっと昔からここにあったような年季を漂わせた。自分の人生も一緒に錆びついてしまった気がして、看板を見る度に体がだるくなった。

あの町はいつも重く湿った風が吹いていた。夏は海水浴客、オフシーズンは釣り人くらいしか、町を訪れる者はなく、景色のなにもかもが錆びで赤茶けていた。

引っ越した当初は、海風が私の眠りを妨げた。海は夜通しごうごうと鳴り、その生き物めいた音は私に悪夢をみさせた。

やがて、スナックの喧騒がそれを上まわるようになった。深夜まで続く音の外れたカラオケ、酔って気の大きくなった男たちの声、そしてそれに混じる母親の甲高い笑い声。階下にはいつも人の気配があって、自分の家なのに落ち着くことができなかった。

おまけに、台所やトイレや風呂といった水まわりのものは一階部分にあったため、開店時間になると、私はなるべく生活音をださないように息を潜めて過ごさなくてはいけなかった。

一度、まだ客がいる時に入浴したことがあった。水音と石鹼の香りが店内に漏れたのか、男の人の大声が「ママ、娘さん、おふろぉ?」と響いた。「もう、覗いちゃダメよ」と母親がからかうような声で言い、どっと笑い声が後に続く。ぺたん、ぺたんとサンダル履きの足音がこちらに近づいてきて、浴室と壁一枚隔てた店のトイレに誰かが入った。バタンと、トイレのドアが荒々しく閉まる。水の流れる音を聞きながら裸の体を洗い場で縮こめて、足音が去っていくまで震え続けた。それからは店の電気が消えるまで風呂には入らなくなった。

自然、夜は遅くなる。昼まで寝ていられる母と違って、私は遅くとも朝七時には起きて学校に行かねばならず、毎日眠くて仕方がなかった。

私が安心して熟睡できるのは保健室のベッドだけで、高校時代のほとんどをそこで過ごした。

頻繁に顔をだす私に、保健室の先生は怪訝な顔であれこれ尋ねてきたが、そのうち何も言わなくなった。「ちょっと昨夜よく眠れなかったので」と言うと、彼女は黙って空いたベッドを指す。眠れないのは嘘ではなかったし、寝させてもらえるのはありがたかったけれど、大人の目の中の同情めいた気遣いが煩わしかった。

狭い町だった。私は「スナック美優」の娘で、町の誰もが知っていた。母子家庭で、出戻りの母親は自宅で夜遅くまで酒の相手をしている。それだけで先生たちは腫れ物に触るように私に接した。
べたべたとまとわりつく潮風のように、そのレッテルが剝がれることはなかった。

学校にいるほとんどの時間を保健室で過ごす私の唯一の友人は、駅前の文房具屋の娘のさよちゃんだった。文房具屋といっても、日用品や駄菓子も置いているごちゃごちゃした店で、私たちは放課後によく店番を手伝った。

さよちゃんの夢は漫画家になることで、店番をしながらもノートに絵を描いていた。私が保健室にいる間も彼女は自分の机か図書室で絵を描いているらしく、私以外に親しい友だちはいないように見えた。

客商売をしている家同士の気安さからか、さよちゃんはよく家の愚痴を言った。

「毎日、親が頭下げるのを見るって、しんどくない？」

ボールペンの空き箱を機械的な動きで潰しながらも、さよちゃんはちらちらと店の入り口を窺っている。

「すっごい嫌な客もいるのにさ」

「そうだね」と、私はレジの奥のパイプ椅子で上体をぐらぐらさせていた。壁にもたれかかりたいのだけれど、発注書やら納品書やらがクリップや画鋲であちこちにとめられていてできない。だるいなあ、と思う。だるいし、眠い。

「もう二度と来るなって思っていても、ありがとうございますって頭下げて。なんか苛々する」

頭下げるだけならまだしも、うちの母親は汚いおっさんらと毎晩酒飲んで笑っているんだよ。明らかに下心がありそうな脂っこいオヤジにも、若い頃の武勇伝を語ることしかできない干からびたジジイにも、甘い声だして媚びているんだよ。

そう思ったけれど、言えなかった。ますますだるくなった体を持て余していると、さよちゃんが舌打ちをした。

隣のクラスの男子たちが通りを歩いていく。うちのクラスの女子も数名混じっている。ちょっと人気のある男子が隣のクラスにいるらしく、カラオケに行くのだと女子たちが騒いでいたことをうっすらと思いだす。

「あいつら昔さ、うちの店で万引きしたことあるんだよ」

「え」

「度胸試しだったのかな。毎日、毎日、交代でやってきて、しょうもないもん盗っていくの。最後はいじめられていた子に全部おっかぶせて。あいつらが犯人だってわかっていたけど、監視カメラとかないから証拠もなくてさ、狭い町だから大事にもできないんだよね」

　さよちゃんは学校では大人しいけれど、店では雄弁になった。

「どんなにかっこよくなっても、あたしの中ではあいつらは万引き野郎。大嫌い。でも、今あいつらが店に入ってきたら、いらっしゃいませって言わなきゃいけない。百円かそこらの消しゴムでも、買ってもらったら、ありがとうございますって頭下げなきゃいけないんだよ。そんなの嫌。だから、あたしは有名な漫画家になって好きな仕事だけするんだ。嫌な奴に頭下げなくてもいいような大人になるの」

早口で一気に言うと、恥ずかしくなったのか「喉渇いたね」と歯茎を見せて笑った。

　さよちゃんは思っていることをなんでも話してくれたけれど、私はそうではなかった。

例えば、駅前の商店街を歩いていると「ほれ、あの子、美優の」とひそひそ言われること。そういう時、男たちは「あそこのママ色っぽいよな」と嫌な笑いを浮かべ、おばさんたちは穢いものでも見てしまったように私から目をそらすか、憐れんだ顔をする。

例えば、さよちゃんのおじいさんがうちの母親の店に通っていること。おじいさんは店で私に会うと後ろめたそうな顔をした。時々、私の母親に贈り物をしているのも知っている。そういう誰にも言えないことはもやもやと体の中で渦巻いて、どんどん私の口を重くさせた。

おじいさんと顔を合わせるのが気まずくて、さよちゃんの家にも段々と行かなくなった。高校二年の終わりになると、さよちゃんは美大を目指すために遠くの街の画塾に通うようになり、私は一人で放課後を過ごすようになった。

誰とも話さずに、騒がしい店の二階でじっと息を潜めていると、ますます思考が散漫になっていった。いつでも頭の隅が痺（しび）れたように眠くて、そのくせ深く眠ることもできず、ただ早く時間が経つことだけを願っていた。

あの人が現れたのは、確かそんな頃だったと思う。

「ねえ、ちょっとお願いー」と呼ばれて階下に降りると、カウンターの端っこに眼鏡の男の人が一人で座っていた。母親が目で合図してくる。

たまに、こういうことがあった。店の繁忙期は、母親の同級生のみっちゃんが手伝いに来てくれていた。みっちゃんは髪と眉にヤンキー臭を残したふっくらしたおばちゃんだった。彼女の都合がつかない時は、母親は私を呼んで皿洗いなどをさせた。

カウンターの男の人の前にはまだ何もでていなかった。テーブル席では常連さんたちが肩を叩き合ったりしながら大声をあげている。退職祝いの二次会か何かだろう。まだ七時過ぎだというのに、かなりできあがっていた。母親は彼らの相手で手一杯のようだった。

保温器からおしぼりを取りだし、ビニールパックを破いて「どうぞ」と差しだす。男の人は黙ったまま受け取ると、眼鏡を外し、潮風で汚れたレンズを拭いた。今日は波が高かったことを思いだす。男の人はうちの店の客にしては若い方だったけれど、その頃の私からすれば充分なおじさんだった。色白で、姿勢が良かった。まっすぐ伸びたもやしみたい。この町では珍しく、きちんとスーツを着ている。風で乱れた髪を、細長い手で何度も撫でつけていた。

私はカウンターの下の冷蔵庫から、タッパーをだして、母親が作り置きした惣菜を小皿に盛った。切り干し大根煮と炒めしらたきの明太あえ。男の人をちらちらと観察する。普通のおじさんは席に着くなり、おしぼりでごしごし顔を拭いながら飲み物を注文する。男の人は何も言わない。丁寧な手つきでおしぼりをたたんでいる。つきだしを置いても軽く会釈しただけだった。

たまりかねて「何にしますか？」と訊いた。男の人はやっと顔をあげ、私の顔を見た。

「君は未成年ではないですか？」

君、という聞きなれない言葉にたじろいだ。男の人は真顔だった。返事をしようにも頭が働かない。口をあけると、喉が変な音をたてた。

「こっ、ここんちのものですから」

やっとそう言った私を男の人はまじまじと眺めて、「そうですか」と目をそらした。

「ごめんなさいねー、愛想のない娘で。まずは生ビールで良かったですね、せんせ」

ひときわ高いトーンの声で母親が駆け寄ってきた。私は階段へと後ずさりして、足音をたてずに部屋へと走った。

母親の「せんせ」という妙な猫撫で声が耳に残っていた。そして、あの男の飄々(ひょうひょう)とした振舞いも。ことスナックにおいては、先生と呼ばれる輩(やから)はたちが悪い。弁護士とか医師とか教師とか、田舎町で先生、先生と、自分より年上からも敬語をつかわれる連中は、酒の席でも尊大で、特別扱いをしないと機嫌を損ねた。

「ああいう人種って、人に頭なんか下げたことないんだよ」と、さよちゃんは忌々(いまいま)しげに言っていた。

「先生の子どももそう。ほら、三組の鈴木くんとか。鈴木歯科の一人息子の。頭良くて、いつも自分は正しいって顔してるもん」

さっきの男は確かに正しい顔をしていた。正しい顔で異物のように私を見た。でも、私を「スナック美優」の一部として扱わなかった初めての人間でもあった。

自分の部屋で息を殺しながら、いつもより階下の音に意識を集中させていた。男の静かな声は畳に耳をあてても聞こえてこなかった。ささくれの目立った畳は頬にちくちくと刺さり、かすかに黴臭かった。

店に人の気配がなくなると、私は階段を降りてカウンターの中に立った。流しは汚れたグラスや皿で溢れて、だしっぱなしのまな板の上では輪切りのレモンや苺のへたが干からびている。

母親はカウンターに肘をついて煙草を吸っていたが、蛇口をひねる音で私に気付いて「あら、めずらしい」と唇の端で笑った。赤い口紅が剝げかけていた。

「あんた、ほんと音たてずに動くわよね。猫みたい」

かすれた声で笑う。氷で薄まった酒を舐めるように飲み、煙を一筋吐いた。

そう言う母親も、最後の客が帰った瞬間に気配をなくす。億劫そうに動き、口数も少なくなる。ひきずる影が黒々として、いつしか母親自身が影になってしまいそうに見えた。店は夜に呑み込まれ、照明も一段階暗くなったかのような錯覚にとらわれる。

グラス同士が触れ合う尖った音が、静まり返った店に高く響く。かじりかけのチーズが皿にこびりついている。

「ねえ、さっきの人って先生なの？」

スポンジに空気を含ませて、白い泡をできるだけたくさん作る。

「さっきの人？」

「ほら、眼鏡の、一人でカウンターに座ってた」

母親はヤニで黄ばんだ天井をぼんやりと眺めた。それから、軽く首を傾げると、「大人しい、いいお客さんよ」と興味なさげに言った。

数日後、私は眼鏡の男を見かけた。灰色の地味なスーツを着て、四角い鞄をきっちり体の横に持ち、防波堤沿いの道を歩いていた。ネクタイが風にはためくのが、薄暗い中でも見えた。

私はコンクリートの防波堤の上を歩いていた。時々、テトラポッドの上に飛び乗ったりして時間潰しをしながら。

店の開店時間は過ぎていた。入り口はひとつなので、今帰ったら酔った客に制服姿をからかわれる。何か言われなくても、不躾な視線を寄越してくることは確実だった。そして、母親は上手に対応できない私を客と一緒になって笑うのだ。

帰りたくない。

けれど、行くところもなかった。

もうずいぶん前に日は落ちて、海は黒くうねっていた。寒くも暑くもない季節だったけれど、空気は湿っていた。夜から雨の予報がでていた。海からくる雨は足が速い。まっすぐに延びた防波堤沿いの道には、私たち以外に歩いている人はいなかった。

「こんばんは」

上から声をかけると、眼鏡の男はぴたりと足を止めた。道路を走っていく車のライトが、私を見上げた顔を白く照らした。レンズが光って、表情をうまく見定められなかった。

男が返事をしないので、防波堤から飛び降りた。ひるがえったスカートを押さえていると、「どちらさまでしょうか」と躊躇いがちな声がした。

「この間、おしぼりだけださせてもらった者ですけど」

男は髪を撫でつけながらしばらく目を細めて「ああ、わかりました」と頷いた。「やっぱり学生さんだったんですね」と呟いたが、制服については何も言われなかった。

「うちにくるの?」

「いいえ、今日は行きません」

では、というように頭を下げて、男はうちとは反対の駅の方向へと歩きだす。

また防波堤によじ登ろうとしていたら、後ろで靴音が止まった。男がざっざっと戻ってくる。

「もう暗いので送ります」

「えっいいです」

「良くないですよ。女性の一人歩きは危険です」

必死に断ったけれど、男はもう歩きはじめていた。仕方なく、少し離れてついていく。

私たちの間を波の音が抜けていった。大きな風が吹く度、男は髪を撫でつけた。

しばらくすると、姿勢の良い後ろ姿が可笑しくなってきた。早足になって追いつく。

並ぶと男はそれとなく車道側に移動した。

私が店で見る先生と呼ばれる人たちとは違ったけれど、先生然としているなあ、と思った。こんな子ども相手でも敬語で、折り目正しくて、なんだか昔の人みたいだ。

「いつもこんなに遅いのですか？　部活動ですか？」

速くも遅くもない一定の歩調の中、ふと、思いだしたように男が言った。

「ううん、今日は補習」と首をふる。「中間テストで、赤点ばっかり取っちゃって」

「赤点」と、男は繰り返した。急に恥ずかしくなった。

「どうして赤点を？」

どうしてって。返事に窮する。この人、ちょっとずれているのかもしれない。「さあ、頭悪いから？」と笑ってみせる。

男は笑わなかった。

「それは誰かに言われたのですか？　それとも自分で思っていることですか？」

「……テストで赤点取るのは頭が悪いからじゃないの」

男は顎に手をあてて少し考えるような顔をした。青いライトの改造車が一台、重低音で騒がしい音楽をまき散らしながら通り過ぎていく。

「きちんと勉強しましたか?」

「いや……あんまり」

「では、頭が悪いと決めつけるのは早いですよ。ええと……お名前は?」

一瞬、嘘をつきたくなった。でも、すぐにばれる。

「美優」

低い声で言うと、男がこちらを見た気配がした。

「そう、店の美優って私の名前なの。信じらんないよね、普通スナックに娘の名前つける? 家も店もいつかはあなたにあげるからって、ほんと勘弁してほしい。別に欲しくもないのに。あの人、いつもそう、深く考えないで、なんでも勝手に決める、勝手に押しつけてくる」

一息に話した。しばらく沈黙が流れる。

「決められるのが嫌だったら」

隣の薄闇から男の声がゆっくりと流れてきた。

「自分で決めないと何も変わらないですよ」

足が止まった。男は歩調を乱さずに歩き続けていた。

頰が熱かった。悔しさと恥ずかしさが込みあげて、自分が同情めいた優しさを欲していたことに気付いた。

いたたまれない気分になり、このまま走って帰りたくなった。男が足を止めてふり返る。その平然とした顔に苛立つ。

「自分が正しいって顔しちゃってさ……」

弱々しい私の声は海鳴りに呑み込まれた。「え？」と男が訊き返してくる。私は声を張りあげた。

「さっきから正論ばっか言って！　やな感じ！　あんた、友だちいないでしょ」

男は呆気(あっけ)にとられた顔をしていたが、手で口を覆った。震えている、と思ったら、笑っていた。「なによ」と喚(わめ)くと、今度は声をだして笑った。乾いた声だった。

「三十を半ばも過ぎたらね、友だちは必要不可欠なものではなくなりますよ」

「四十過ぎかと思ってた」

ちょっと傷ついた顔をした。嬉しくなり、追い越して歩く。

「どうせ私は馬鹿だもん」

「そんなことは言っていませんよ」

「先生は頭いいの？」

反応が少し遅かった。

「どうでしょうか。少なくとも赤点を取ったことはありませんね」

「ねえ、自分で決めろって言ったよね」

いつの間にか防波堤が途切れていた。暗い中にガソリンスタンドの明かりが見える。この辺りで一番明るい建物。曲がったら、家だ。ガソリンスタンドでは去年卒業した木村先輩が働いている。すごく女子から人気のあった先輩で、さよちゃんもちらちら見ていたけれど、油で汚れたツナギを着た彼の姿を隠し撮りする女子はもういない。進学しない人々のほとんどはこの町の一部になって、赤茶けた景色に溶け込んでしまう。遠くの工場地域で点滅する赤い光を眺める。あのどれかの工場に私も就職することになるのだろう。

「私、この町をでていく」

はじめて口にだした言葉は、夜の空気に思いのほかしっくりと馴染(なじ)んだ。

「でていく」

男の顔を見上げた。

「東京の大学に行く。だから、勉強教えて」

言ってから、そもそも何の先生なのか知らないことに気付いた。弁護士だって医師だって政治家だって先生だ。教師とは限らない。突飛(とっぴ)なお願いに動じた様子もなく、男は眼鏡を指でちょっと押しあげた。

「とりあえず、その赤点の答案を見せてもらえますか」

味も素っ気もないその言葉で、夜がむくむくと膨らんでいく気がした。

「今は持っていないから明日。あ、もうここまででいいし。じゃあ、明日ね」

男の気が変わらないうちに離れようと手をふった。男はわかりました、と言うように足を止めた。私はつんのめるようにして歩いた。

「また明日」

声が聞こえたような気がしてふり返ると、先生は暗闇の中でまだ立っていた。顔は見えなかったけれど、姿勢は良いままだった。

先生は佐倉と名乗った。けれど、私は先生と呼んだ。

先生と私は駅で待ち合わせて、海と反対側へ二十分ほど歩いて国道沿いのファミレスに入った。奥のボックス席に向かい合わせで座り、私の空欄だらけの答案を広げた。長い沈黙に耐えきれず、私はドリンクバーに行ってメロンソーダをなみなみと注いだ。テーブルに戻ると、先生はまだ同じ姿で答案を見つめていた。

「まったくわからないですか？」

「ぜんぜん」と、私はふつふつとたちのぼる泡を眺めた。鮮やかな緑の液体は嘘くさい砂糖のにおいがした。

「呆れてる？」

ストローをくわえて吸い込むと炭酸で鼻がつんとした。

「いいえ、どうしてこうなったのかなと」

「眠くて。眠くて保健室で寝ていたら、どんどんわからなくなった」

「夜、眠っていないんですか？」

「眠れない」

「どうしてです？」

私が黙り込むと、先生は「ちょっと失礼」と立ちあがった。温かい飲み物のコーナーへ行き、すぐに戻ってくる。白いカップからコーヒーの香りが流れた。父親と三人で暮らしていた時の記憶がゆらめく湯気に蘇る。父親は毎朝コーヒーを淹れていた。けれど、もういなくて、目の前には、どうして、どうしてを繰り返す生真面目な男の顔があった。髪がくしゃくしゃだ。海風のせいかと思っていたが、癖毛(くせげ)のようだ。でも、今日は一度も髪を撫でつけていない。

小さな笑いがもれた。どうして、なんて私が訊きたい。どうして両親は別れたのか。どうして母はスナックなんてはじめたのか。どうして私はこんな町にいなくてはいけないのか。どうして大人は夜になると酒を飲んで騒ぐのか。テストの問題だけじゃない。わからないことはたくさんあった。けれど、私は尋ねることはしなかった。ただ、ぽっかりとした空欄を呑み込んできただけだ。

でも、この人は違う。どうして、と訊いてくる。空気を読むことも、呑み込むこともしない。きちんと問題を解こうとする。顔をあげた。

「カラオケとか、お店の音がうるさくて眠れない」

先生は、「ああ、そうか」と呟いて頭を掻いた。

「別れたお父さんはどこにいるんですか?」

あの女、と思った。誰彼構わず自分の身の上話をしているのだろう。つい舌打ちをしてしまったようで、「それは、やめましょう」とぴしゃりと注意された。ため息をつき、「新しい人がいるらしいから」と短く答える。「わかりました」と先生は言った。

「教科書をだしてください。とりあえず今日はわかるところまでさかのぼってみましょう」

その日、私は五回ジュースをお代わりした。帰りはまた家まで送ってくれた。

次に会った時、先生は私に耳栓をくれた。

結局、私は中学三年から勉強しなおさなくてはいけなかった。大学受験など到底無理に思われたが、わかるまで先生は辛抱強かった。月、水、金の週三回、いつもブラックコーヒーを片手に私がわかるまで何度でも説明してくれた。数式ひとつ、英語の活用形ひとつでも、応用問題が解けるようになるまでじっくりと取り組んだ。こんなペースでは時間がいくらあっても足りないと私が苛々しても、先生は焦らなかった。結果として、習得は遅かったが、一度やったところに戻ることはなかった。

毎回すごい量の宿題がでた。私は相変わらず昼間は保健室で眠り続けていたが、先生の授業がない日の放課後は図書館に通った。家でも店が終わる時間まで机に向かわなくては宿題が終わらなかった。宿題ができていないと、また「どうしてですか？」と訊かれた。怒るでも責めるでもなく、先生は何事につけてもわけを知りたがった。原因を見つけると、それをどうするべきか一緒に考えようとした。

一人でいると散漫になる思考も、ファミレスの人工的な光の中で先生と向かい合っていると言葉にすることができた。

虫のような歩みでも、ノートをひらけば毎日確実に進んだ。その事実は私に安定をもたらした。薄皮を一枚一枚脱皮していくように自由に近づく気がした。

駅で会えば英単語テストをしながらファミレスに向かい、駅に姿が見えなければ一人でファミレスへ行く。毎週同じ曜日に、同じ席に座り、先生を待った。先生は遅れることはあっても必ずきた。勉強以外のことはほとんど話さなかった。

期末テストに赤点はなかった。英語と国語は平均点以上を取れるようになった。

夏休みに入っても同じペースで先生の授業は続いた。学校の代わりに、昼間は公民館の資料室に通った。

「あんた、最近どこ行ってんの？」

母親が店仕舞いをしながらけだるげに訊いてきたことがあった。「さよちゃんとこ」と嘘をつくと、「ふうん」と言いながら横目で見てきた。「これ持っていきなさい」と客にもらった菓子箱を渡された。さよちゃんのおじいさんが時々持ってくる洋菓子屋のものだった。私はそれを駅のごみ箱に捨てた。

その日、昼過ぎから海が荒れていた。夜には大型の台風が上陸すると天気予報が告げていた。

先生の授業の日だった。宿題の最後の数式を解くと、でかける準備をして階下に降りた。店のカウンターでテレビを見ていた母親がふり返る。髪は整っているが、まだ家着のままだ。

「あんた今日はやめときなさい。波が高くて、朝から船もでてないんだから。ほら、雨も降ってきた」

窓が雨粒でぴしぴしと鳴った。母親は煙草に火を点けて、またテレビに戻った。ドラマの再放送をやっている。画面の上の方に注意報の字幕がでる。

そういうわけにはいかない。几帳面な先生のことだから、天候に構わずファミレスに行くだろう。そして、私がくるまできっと何時間でも待つ。私は携帯電話を持っていなかったので連絡することもできなかった。

「うん、でも約束あるし」

私の声が聞こえなかったのか、母親は反応しない。化粧ポーチを膝に載せたまま、テレビを見るともなしに見つめている。化粧の仕上げをするべきかどうか迷っているのだろう。

その時、店の電話が鳴った。二コール目でひったくるように母親が受話器を摑む。

「あー、はいはい。あっそうなの、えーそれは大変ね」

煙草を指先にひっかけたまま早口で喋る。今のうちにでてしまおうと、カウンターの中に入る。瓶ビールのケースに刺さった傘を一本ひっこ抜く。雨風が窓を勢いよく叩いた。カッパを着ていった方がいいかもしれない。でも、母親が電話を切る前に行かなくては。

戸口に向かうと、「あんた、ちょっとどこいくの」と受話器を置く音がした。

「みっちゃん、これないって。今日は閉店にするわ。こんな天気じゃお客さんもこないでしょ。あんたも家にいなさい」

「でも」と私は言い返した。母親が伸びをする「うーん」という声にかき消される。

「なんか映画でも借りてくれれば良かったわねー。ああ、雨のせいで頭痛いわ、ゆっくりお風呂でも浸かろうかしら。美優、肩揉んでくれる？」

何も聞いていない。灰皿に煙草を押しつけながら一人で話し続ける。時間がどんどん過ぎていく。

「ねえ、あのね、私、今日……」

「あー、看板入れなきゃ！　飛んでっちゃうわ」

母親が私を押しのける。

「ちょっと、お母さん、聞いて！」

私が叫んだのと、ドアが鳴るのが同時だった。母親がぴたりと静まる。コン、コン、とまた鳴った。しっかりした硬い音だった。

「すみません」

声音を抑えた男性の声が聞こえた。母親がドアの隙間を薄く開けると、どうっと濡れた風がなだれ込んできた。

「こんな格好でごめんなさいね、お客さん。今日こんな天気だから、お店お休みにしたんですよー」

「いえ、あの」と、男性の声がした。あ、と思った。

「美優さん、もうでられましたか？」

母親が「へ？」と素頓狂（すっとんきょう）な声をあげた。

「約束をしていたんですけど、台風がきているので……」

「先生！」

背伸びをして叫ぶと、母親の肩越しに目が合った。先生が水滴で汚れた眼鏡を外す。取りだしたハンカチも、スーツも、いつもぐしゃぐしゃの髪の毛もずぶ濡れだった。

「先生、ちょっと入って。雨が」

母親がはっと先生を見た。

「あなた、前にきていた……」

私と先生を見比べて、突然、先生を突き飛ばした。眼鏡が落ちる。ふいをつかれて、先生が店の前に尻餅をつく。

「約束って、あなた、うちの娘を連れだして何をするつもりですか！　まだ高校生ですよ、この子は！」

ものすごい剣幕だった。目を吊りあげて怒鳴りつける。

「や、やめてよ、お母さん」

腕を摑むと、ふり払われた。「噂になってんのよ」と、家の中に押し戻される。

「あんたがファミレスで男と会ってたって」

血の気がひいた。

母親は私と先生を遮(さえぎ)るように仁王立ちになり、「もう二度とこの店に来ないでください！」と大声で叫んだ。

体ががくがく震えて、足が動かなかった。説明しようとするのに頭がうまく働かない。こんなに怒り狂っている母親を見たのははじめてだった。吹き荒れる嵐のようだった。怖かった。母親も怖かったけれど、先生に嫌われてしまったらどうしようと涙がこぼれた。

「知っていますよ」

静かな声がした。先生だった。降りかかる大粒の雨を払いもせずに、水たまりに尻餅をついたまま先生は微笑んでいた。

「美優さんが学生さんだってことは最初から知っています」

「あなた……」

先生はなだめるように片手を前にだして、ゆっくりと立ちあがった。眼鏡を拾ってかけなおす。

「だから、僕は勉強を教えていたんですよ。それ以外、何もしていません。誤解させてしまって申し訳ありません」

母親が私をふり返った。私は泣きながら何度も頷いた。

「お母さん……私、だ、大学に……行きたいの……」

嗚咽(おえつ)混じりに言うと、母親は天井をあおいで大きなため息をついた。

「バスタオル取ってくるわ」

酒に酔ったような足取りで店の奥へ歩きだす。私は急いで先生を店に招き入れた。ドアを閉めると急に静かになり、脚から力が抜けた。

バスタオルを抱えて二階から降りてきた母親は、床にへたり込んだ私とずぶ濡れの先生を見て、もう一度ため息をついた。

「悪かったわね。良かったらお風呂に入っていって。これ、父ので申し訳ないけど、どうぞ」と、気まずそうに言い、先生にバスタオルと服を渡す。

先生は大人しく従った。

浴室から水音が聞こえてくると、母親は私を睨みつけた。

「なんで黙ってたの。大学のこととか、一人で決めて」

「だって……」

「だってじゃないでしょ。お客さんと外で会うなんて、男と女なんだから何かあったらどうするの」

体がかっと熱くなり、気付いたら叫んでいた。

「お母さんはそうやって疑うじゃない！　どうして、お母さんは男とか女とか嫌な見方しかできないの！　先生は変な人じゃない。将来のことだって……いつも、なにも、訊いてくれないじゃない！」

母親は目を丸くして私を見ていた。睨み返そうとしたが、息が乱れて足がふらついた。

涙がまたこぼれる。こめかみがじんじんする。

母親は肩をすくめると、私に背を向けた。

ソファに座って煙草を手に取る。

「あんたが怒るのひさびさね」

そうつぶやくと、煙草に火をつけた。沈黙が流れる。外ではごうごうと風が鳴り、横殴りの雨が窓を叩いていた。

私の涙がとまった頃、ぴちぴちのシャツとズボンを着た先生が浴室からでてきた。

「最近、この子の成績が上がっていたの、先生のおかげだったんですね」

母親はソファから立ちあがり、両手をそろえて頭を下げた。

「ありがとうございます」

「いえ、美優さんの努力の成果です」

先生が頭を拭きながら生真面目に答える。母親が勧めた煙草を丁寧に断る。

母親はまたソファに座り、もう一本煙草を吸うと立ちあがった。そして、私たちに温かいカフェオレを作ってくれた。

先生はうちに通ってくれるようになった。前とおなじように週三回。

母親のだした条件は「自分で講師代を払うこと」だった。アルバイトに行く代わりに、私は毎晩、店の片付けを手伝った。みっちゃんがこられない時は店にも立った。足りない分は母親から渡された通帳の口座からだした。それは父親が私のために作ってくれていた貯金通帳で、二十歳になったら渡すよう頼まれていたそうだ。

「ちょっと早いけど、まあ、いいでしょ」

そう言って母親はぽんと投げて寄越してきた。

先生と一緒に二階に上がっていくと、「あれ、娘さん、いっちょ前に指名取るようになったのかー」と常連さんたちに囃したてられた。けれど、もう何も感じなかった。母親が「なに馬鹿言ってんのよ、家庭教師よ！」と、眉間に皺を寄せるのが可笑しく見えるくらいだった。言わせておけばいい。そう思えるようになった。

いよいよ受験が迫ってきた頃だった。ストーブの上ではやかんが湯気を吐いていた。

ぽつりと、先生が言った。

「僕、本当は先生じゃないんですよ」

「え」

「親は二人とも教授なんです。大学の研究都市で育ったから、まわりの親も先生だらけでした。兄弟たちも同じような道に進んだのに、俺だけ、なれなくて」

はじめて「俺」と言った。少しだけ心臓がはねて、ごまかしたくて笑った私を先生は不思議そうな顔で見た。

「はじめてこのお店にきた時、美優さんのお母さんに先生と呼ばれて。訂正するタイミングを逃したんです」

先生はこたつ机に頬杖をついた。

「嘘をついてしまいました。でも、一度やってみたかったのかもしれません、先生を」

ただの会社員なのだと、先生は言った。それ以上、詳しいことは話さなかったし、私も訊かなかった。

年が明け、私はなんとか志望校に合格して、東京で一人暮らしができることになった。

先生は奨学金の手続きまで手伝ってくれた。

引っ越しの前日、先生は「僕も持っていないんですけど」と笑いながら、ブルーの万年筆をくれた。晴れた日の海のような色だった。「きれい」と言うと、片頬をゆがませた。これがこの人の照れた顔なんだ、と思った。

「大学に戻ることにしました」

そう先生は言い、「ありがとう」と手を差しだしてきた。先生に触れたのはその一度きりだった。

母親は私が就職すると、店の常連さんと再婚をして、店を閉めた。あそこはあんたの土地だからね、と年に三回はメールしてくる。

万年筆は、インクを入れたきり、ひきだしの奥で眠っている。

偽物のセックス

日常には、空洞になっているものがある。頭の片隅では意識しているのに、はっきりとは言葉にしないもの。偏見や差別、女性の年齢や容姿、経済状況、家庭の事情、セックス。安易に触れてしまうとヤバいもの。ヤバいけれど、ヤバいだけあって、みんな本当は興味津々。

女性社員たちはトイレで噂話に花を咲かせて、同期の男性社員たちは新入の女性社員の品定めをする。公にしてはいけないものを共有して仲間意識を高める。ヤバいものは遠巻きに眺めている分には愉しい。

そんな軽い共犯めいたノリだったのだろう。

会社の飲み会の後に、若手のメンバーだけで行ったカラオケでのことだった。儀式のように全員が二曲ずつ歌うと、だんだん曲を入れるのもまばらになった。無理やりに盛りあげるのも野暮な気がして、ころころ変わる女の子たちの雑談に相槌を打っているうちに、話題は芸能人の不倫騒動になった。

「でも、やっぱ不倫とか燃えますよね」

事務の北村さんがぼそっと呟くと、一瞬の沈黙の後、場の空気が変わった。

「うわ、経験者なんだ」という男性社員の声に、「昔の話ですよー」と身体をくねらせて笑う。

「いま思えば、ぜんぜん好きじゃないんですけど、あの時はいけないことをしているっていう罪悪感とかもあって……」

「あって？」

北村さんは焦(じ)らすように頭をぐらぐら揺らす。ゆるくまとめられた髪が数束ほどけて顔にかかった。

「なんか会う度にしてましたね。でも、いま一緒に住んでいる彼氏とはちっともしてないんですよね。結婚とか考えてるのに」

酎ハイのジョッキを摑んで一気に飲む。のけぞった首の赤さでけっこう酔っていることに気付く。ジョッキを空けた北村さんに「水飲む？」と訊いてみたが、首を振ってメニューに手を伸ばす。

「なんか甘いもの食べたいー」と他の女の子たちもメニューを覗き込む。ふっと北村さんが顔をあげ、とろんとした目で笑った。

「ねえ、いままで一番印象的だったアレを発表し合いません？」

女の子たちが、えーもうちょっとなにいうのー、と声をあげる。みんな二十代後半。

服も髪も小ぎれいで、冗談も通じるダサくない子たち。女の子って学校でも会社でもだいたい同じくらいのレベルの子でつるんでくれるから助かる。対して男性陣は三十代前半。一人だけ二十八歳の派遣のSEがいて、彼だけが独身だ。

「だって、他の人がどんなことしてるか気になりません？」

「なるけどー、恥ずかしいじゃない」

黄色い声で騒ぎつつも女の子たちのまんざらでもない気配を察知して、同期の小杉がネクタイをゆるめながら「そんな恥ずかしいことしてるんだ」とからかう。からかわれた子は頬を膨らませ、小杉を叩くふりをしつつも目は怒っていない。

「私はその不倫相手にはけっこう変なことされましたよ。あれって普通だったのかなって悩むんですよねー」

北村さんが言うと、なになにどんなこと、と誰かがすかさず訊いて、そこから暴露大会になっていった。彼が脚フェチだから伝線したストッキングは勝手に捨てられないとか、いつも目隠しさせられるとか、縛られたことがあるとか、電車の中で行為に及んだことがあるとか、恋人の親族と関係してしまったことがあるとか、身体に蜂蜜を塗られ寝具が汚れて困ったとか、果ては間違えて義母の布団に入ってしまったという失敗談まで、次々に話がでた。その度に、みんな大声をあげて否定したり、驚いたり、笑ったりした。

部屋は密室で、照明もそんなに明るいものではない。けれど、性的な話題をしているわりにはまるで興奮しなかった。むしろ、だんだん自分を含めたみんなの大げさな反応が気になってきた。男は過度に卑猥な表情で茶化し、女の子たちは嫌がりながらも嬉しそうだ。

いや、そのふりをしている。

演技みたいに見える。そう思った瞬間に、麻美の顔がよぎった。携帯を見ると、先に寝るね、というメッセージと共に娘の寝顔の写真が送られてきていた。先月、三歳の誕生祝いに麻美の両親からもらった、水玉の象のぬいぐるみを抱きしめている。

「あ、終電なくなる」

突然、女の子の一人が言った。たんたんとした声だった。何もなかったような顔をして立ちあがり、自分の鞄とジャケットを探す。

それが合図だったかのように、一同がいそいそと帰り支度をはじめた。妙な熱気に満ちていた場が、急によそよそしいものになる。

なんだか、間違ったセックスをした後みたいだった。目を逸らし、そそくさと自分の残滓をティッシュでぬぐう姿を彷彿とさせる。

北村さんが「ちょっと、トイレ」と千鳥足で出ていく。SEの若者が皿に残ったポテトを機械的な動きで口の中に片付けている。小杉が壁についた受話器を取った。

「でまーす」

間延びした声がすっかり緩みきった空間に響いた。

「今日さ、面白かったけど、ちょっとアレじゃなかったか?」

電車の吊り革にぶらさがるようにしながら小杉が言った。

「なにが」と言いながら、小杉を見ると、後ろの週刊誌の広告が目に入った。黒々とした太文字で『セックスレス』と印字されている。そういえば、誰もセックスという単語を言わなかったな、と思う。今の小杉のように「アレ」とか「した」とか巧妙に具体的な単語をぼやかしていた。

「なにって、ほら。あそこまで赤裸々に話されるとさあ、ちょっと引くよな」

言葉とは裏腹に顔はだらしなくにやけている。女の子たちとの距離が縮まったとでも思っているのだろう。本当に縮まっていたら、こんな風に男二人で帰っていないのだが。

「お前、喜んで根掘り葉掘り訊いてたじゃん」

「だって、気になるだろ。そういうこと、嫁には訊けないし」

訊けないのか、と言いかけて、自分も訊けないことに気付いた。訊けないどころか、もう家では性的なことはこの世には存在しないみたいになっている。

「あーでも、嫁があんな風に外で話してたら嫌だな」

看護師だという小杉の妻は小杉と稼ぎが変わらないらしい。夜勤があり、小杉より遅く帰ってくることも多く、家事は完全に分担制だそうだ。

「勝手だ」と言ったが、軽くスルーされた。にやにやした顔でこっちを向く。

「お前がさ、話していたのって嫁さんのこと？」

「いや、単なる作り話」

「えーそうなのかよー」

隣のOL風の女性がちらっとこちらを見た。まだ酔いがさめていないのか、小杉の声がでかい。「だって、お遊びだろ、あんな暴露ごっこなんて」低めの声で抑え込むように言ったのに、「マジでー」と言う小杉のトーンは下がらない。三十過ぎた会社員が使う言葉ではない。諦めて会話を続ける。

「小杉はあの、ベランダに放置したとかいうの実話なんだ」

裸で、というのを伏せておく。

「まあな。でも、昔の女だよ。嫁さんにそんなひどいことできないし」

「なんだそれ」

「結婚してる奴ら、みんなそんな感じしなかったか？」

「どうかな」

「嫁にはできないだろ、変なことはさ」

返事をしなかった。電車が大きく揺れて、前のシートで船を漕いでいた五十代くらいの男性がはっと顔をあげ、またゆっくりと沈没していく。薄くなった髪の下で脂ぎった頭皮が照明にてらてらと光っている。

「家族なんだからさ」と、小杉が暗い窓を見ながら呟いた。最後の方は駅名を告げるアナウンスにかき消される。

聞こえなかったふりをして、片手で肩を揉みながら首をまわすと、また天井からぶらさがった雑誌広告が目に入った。『セックスレス』の文字が小刻みに揺れていた。

改装したばかりの駅は、ひと気もまばらだというのに、こうこうと明るかった。白っぽい照明が光沢のある壁や床に反射して、疲れた目に刺さってくる。

以前の薄汚れた小便臭い駅の方がいいわけではないが、あまりに清潔すぎると酒臭い自分が余計に汚いものに思えてくる。何の匂いもしない駅構内を足早に進む。

エスカレーターを降りたところの、ひらけた空間に派手な髪色の若者たちがいた。駅に隣接するショッピングモールの、灯りの消えたガラス戸を鏡代わりにして、ダンスの練習をしている。だぼっとしたズボンを腰で穿いて、肌寒いのに半袖だ。大声で笑ったり、互いを囃したてたりしている。目を合わさないように外へと向かう。

薄暗い夜道に出るとほっとした。ひやりとした風が金木犀(きんもくせい)の甘い香りを運んでくる。駅前の古い住宅街を抜けて、新築マンションが立ち並ぶ方面へと歩いていく。長方形の建物たちが細い月をバックに黒い影になっている。灯りのついた部屋が切り取られたように浮かぶ。どこかに三十五年ローンで買った我が家があるはずなのだが、まったくわからない。

途中、コンビニからスーツの男が出てきた。ちらりと見えた眼鏡の横顔に見覚えがあった。癖毛の髪がうねっている。

男は小さなコンビニ袋を揺らしながら俺の前を歩いていく。身長はすごく高いわけではないが、手足が長く、姿勢が良いのですらりとして見える。ゆったりとした歩調につられて、こちらの歩くスピードもわずかに落ちる。

どこかで曲がるだろう、と思ったが、男は俺の前を歩き続けた。工事中のフェンスに囲まれた細い道に入った途端、マンションの同じ階で時々すれ違う男だと気付いた。歳は四十代くらいに見えた。

この道を抜けたらマンションはすぐだ。エレベーターが一緒になるのは嫌だ。けれど、追い越すには道が狭いし、こんな何もないところで立ち止まるのも変だ。

結局、俺は男の後についてマンションに入った。

エレベーターに乗ると、軽く会釈をされた。何階ですか、とも訊かず、扉のすぐ横で携帯に目をやっている。数回画面を操作すると、男はすぐに携帯を鞄に戻した。眼鏡の奥の目が知的そうだった。ネクタイはしていなかったが、淡いブルーのシャツはアイロンをかけたばかりのようにぴしりとして、革靴には濡れたような艶があった。自分の酒臭い息と脂っこい匂いのするよれた服が恥ずかしかった。男はちらりともこちらを見ない。営業職には絶対に向かないタイプ。

扉が開くと、男はまた軽く会釈をして出て行った。俺と同じ左側へ進むので、数メートルの間を空けて後ろを歩く。

長い廊下に、男の足音が一定のリズムで反響している。男が途中のドアの前で立ち止まる。鍵を取りだしかけて、思案するようにしばし動きを止め、ドアノブを摑んだ。その瞬間、ドアが内側から音もなくひらいた。

中から、細い手がぬうっと伸びた。男の首に白蛇のように巻きつく。長い髪が流れるように揺れる。

女が、つま先立ちで男にしがみついていた。靴もスリッパも履いていない。ふくらはぎから足首にかけての曲線がなまめかしい。

男の持っていたコンビニの袋が乾いた音をたてて落ちた。男は女の身体をしっかりと抱くと、薄くひらいた女の唇を呑み込まんばかりの勢いで塞いだ。女の白い手が男の背中をまさぐるように動いている。舌を絡め合う湿った音がして、身体が熱くなった。

くぐもった笑い声が廊下にひびく。慌てて目を逸らす。通り過ぎようにも近付けない。

背を向けようとすると、ドアの軋む音がした。二人は抱き合ったまま、部屋の中に入っていく。

ドアが閉まる一瞬、男の肩越しに女の目が動いた。視線が合った。

濡れた瞳にぎょっとする。

昔付き合っていた女に似ていた。

ドアの向こうでどさっと倒れる気配がして、全身の毛穴から汗が噴きだす。重なり合う二人の熱い息遣いが聞こえてくるような気がした。

俺の家とまったく同じドアだった。番号だけが違う。５０８と、灰色の無機質な数字が並んでいた。自分を落ち着けようとするように、５０８、５０８と頭の中で繰り返しながら家へと急いだ。

家についても心臓の鼓動は激しいままだった。眠気と酔いは吹っ飛んでいた。暗いリビングに座り込む。静けさに身を浸してなんとか落ち着こうとする。

彼らは夫婦なのだろうか。二人の間には言葉がなかった。「お帰り」も「ただいま」もない。生活感のあふれるファミリー用マンションにはまるでそぐわない、ごろんとした生々しい欲望が転がっていた。二人はそれを当然のように貪り合っていた。

浮気相手でも連れ込んでいるのかもしれない。見てはいけないものを見てしまった気がした。

洗面所で顔を洗い、寝室を覗く。娘の布団の小さな膨らみを見てほっとする。麻美はこちらに背を向けて、娘を守るように身体を曲げて眠っている。起きる気配はない。

気付いたら安堵の息がもれていた。いつからだろう。娘が寝てしまった後の夜の会話が減ったのは。じっと俺を見つめる麻美の目をわずらわしく感じるようになったのは。ごまかすようにテレビをつけるが、おおげさな司会者の声とわざとらしい笑いが食卓の上に浮かぶぽっかりとした空洞に虚しく響く。空洞の中にあるものを、どちらも意識しながら言葉にはしない。

どうしてしないの。

麻美の目はそう言っているように見える。

したくないわけじゃないんだけど。

俺はそんな言葉を手料理と一緒に腹の奥に呑み込む。

それが日常。

冷蔵庫から缶ビールを取って、薄暗いリビングへ戻る。合皮のソファがひやりとした。けれど、今はその冷たさが心地好かった。

昔付き合っていた女の夢をみた。

大人しいけれど、少し変わったところのある女だった。

敬愛は最高のエクスタシーだと思うの、と女は言い、ことに及ぶ際は必ず俺に白衣を着せて、「先生」づけで俺の名を呼んだ。研究者や医師といった、人を救う職業の人に執着があるようだった。絶頂に達すると女は「先生、先生」と大きな声で叫んだ。反応が素直で、抱いていても面白かった。どんなことでも嫌がらずに応じてくれた。でも、だんだん複雑な気分になっていった。そもそも、まるで敬われている気がしなかった。

女のセックスには打算がなかった。恋愛の駆け引きも、女としての承認欲求も見えなかった。女は白衣を着た俺にまっすぐに欲情して、その快感を貪欲に吸収した。女のセックスは何かの手段ではなく、純然たる目的だった。

求められれば嬉しかった。けれど、白衣を着ていれば俺じゃなくてもいいんじゃないのか、と思ってしまった途端に、もうその考えが頭から離れなくなってしまった。

なんとなく連絡する回数が減り、会わなくなっていった。数ヶ月ぶりに送ったメールが届かずに戻ってきた時、妙にほっとしたのを覚えている。

しばらくその女のことは思いださなかった。けれど、麻美と結婚してから、時々あの奇妙なセックスを思い返すようになった。昨夜、カラオケボックスで印象的だったセックスを訊かれた時に、つい話してしまったのも彼女とのことだった。

508号室の女は、その昔の彼女に似ていた。

「昨日は遅かったの?」

食卓でこめかみを揉んでいると、台所から麻美が言った。娘はピンクのプラスチックの盆におもちゃみたいなスプーンを打ちつけている。

「はいはーい、みえちゃん、お待たせしましたあ」

人が違うのかと思うような甘い声をあげて、麻美が娘の横に座る。お椀に入った黄色や緑色のどろどろしたものをかきまぜて娘の口に運ぶが、娘はヤクルトが飲みたいと駄々をこねる。「ヤクルトはご飯ちゃんと食べたらね」と、麻美の声が微かに苛立つ。チン、とトースターが鳴った。「パン焼けたわよ」と、こちらを見ずに言う。

「今日はいいわ」

のろのろと立ちあがり、ポットのお湯でインスタントコーヒーを作る。冷蔵庫にもたれてすすっていると、「遅かったの？」ともう一度訊かれ、さっき答えていなかったことに気付く。

「一時過ぎかな」

「スーッ、すごく臭かったけど」

「ああ、居酒屋とカラオケ行ったから」

「カラオケ？　その歳でカラオケで羽目外したわけ？」

麻美の機嫌があまり良くないようだ。会話に入れないのが悔しいのか、娘がぐずりはじめる。

「じゃあ、いくわ」と、リビングに置きっぱなしにしていた鞄を取る。

「いってらっしゃい。悪いけどゴミだしていってもらえる？」

「あーうん」

　生返事をし、娘の小さな頭にぽんと手を載せる。柔らかい髪をかきまわす。娘はスプーンを振りまわし、歓声をあげた。子供の元気な姿を見ると、胸があたたかいものでいっぱいになる。

　玄関に行きかけて、「そういえば」と振り返った。「508号室って夫婦？　ほら、眼鏡の男と髪の長い女の」

　麻美の手が止まった。すぐに娘の水玉模様のお椀を持ちあげる。

「佐倉さんだったらご夫婦のはずだけど。どうして？」と、こちらを見る。

「いや、昨夜見かけたから」

「そんな遅い時間に？　……まあ、まだお子さんいないみたいだからね。でも、なんか、あんまりいい噂きかないわよ、あの人」

　声の感じで女のことを言っているのだとわかった。マンションの隣には公園があって、子供を遊ばせている間、麻美はそこで近所の主婦たちとよく情報交換をしている。麻美が話題にするのはほとんどが俺の知らない人間の噂話だった。

「どんな？」

麻美はちらっと娘のつむじの辺りに目をやった。髪を撫でるでもなく、声を若干落として「まあ、いろいろ……」と煮え切らない返答をした。珍しい。

「私たちともあんまり話さないし、ちょっと取っつきにくいのよね。商店街に新しくできた本屋さんのギャラリーで働いているみたいだけど、よく知らないわ」

早口でそう言うと、背中を向けられてしまった。

「行ってくるわ」

玄関に向かうと「ゴミ忘れないで！」と後ろから叫ばれた。

両手にゴミ袋を持ち、鞄を脇に挟んで、マンションの廊下を歩いていると、エレベーターの扉が開いているのが見えた。走って駆け込む。閉まりかけた扉にゴミ袋のひとつが挟まる。振動が伝わり、また扉が開いた。

「大丈夫ですか？」

どちらかといえば小さな声に顔をあげると、長い髪が見えた。昨夜見た５０８号室の女だった。

「え」

「袋、破れていません？」

「あ、大丈夫だと思います。すみません」

いいえ、と言うように、女はちいさく頭を下げた。扉が閉まり、エレベーターがゆっくり下降していく。四階と三階でエレベーターは止まり、出勤らしきマンションの住人たちが乗り込んできた。女と俺の間は人で埋まり、その隙間から俺はそっと女の横顔を窺った。

女はもう俺の存在など忘れたような顔をしていた。よく見ると、昔の彼女には似ていなかった。けれど、昨夜は似ているように見えた。共通点を探そうと目を凝らした。色白で、面長、化粧はシンプルで、黒いアイラインの線が涼しげに伸びている。俺より少し年下か。昨夜、彼女の夫がいた同じ場所に立ち、扉の方を見つめている。落ち着いた佇(たたず)まいがよく似ていた。夫婦って似てくるものなのだろうか。

ふいに、激しく抱き合う二人を思いだし、身体が熱くなった。女から目を引き剝がす。エレベーターの扉が開き、ぞろぞろと人が出ていく。女は一群とは分かれて、ゴミ捨て場の方へ向かう。よく見ると、両手で重そうなゴミ袋をひとつ持っていた。細身の黒いパンツに、ゆったりしたベージュのニットワンピースを着ている。薄手の生地は、動く度に女の身体のラインを浮きあがらせた。

追い越そうとしたのに、女の足が思いのほか速く、ほぼ同時にゴミ捨て場に着いてしまった。四十代後半くらいの主婦が二人、お喋りに夢中になっている。二人は俺たちに気付くと、急に話すのをやめた。

俺は「おはようございます」と声をかけたが、女は主婦たちに目もくれなかった。トラックの荷台のような巨大な共有ゴミ箱の取っ手に手を伸ばす。

「あ、やりますよ」と俺が開けると、「ありがとうございます」と小さな声で言い、声に似合わぬ素早さでゴミを中に放り込んだ。

その時、「ねえ、ちょっとちょっと奥さん」と笑いを含んだ粘着質な声がした。女がわずかに首を傾げて応じる。朝日の中で見ると、長い髪はかすかに赤みがかっていた。

「あたしね、お宅の隣の奥さんと仲がいいんだけどね……」

太った方の主婦が手を招き猫のように動かしながら女ににじり寄る。もう一人の主婦は素知らぬ風を装ってカーディガンの毛玉をいじっている。

「ここのマンションって壁が薄いの、ご存じ？」

「いいえ」と、女は短く答えた。そして、今にも触れそうな太った主婦の手をすっと避けた。太った主婦は構わず続ける。

「薄いのよ、すっごく。だからね、まあ、お宅、お若いから仕方ないかもしれないけれど、もうちょっと、ほら、気をつけた方がいいと思うのよ」

「なにをです」

主婦たちは顔を見合わせて、どうしようかしらあ、とわざとらしく笑った。言ってあげた方がいいんじゃない、と毛玉をいじっている主婦が意地悪そうに言う。わざと大きな音をたててゴミ箱を閉めたが、主婦たちは話に夢中だ。

「そうねえ。でも、あたしもこんなこと言いたくないのよ。でも、ほら、お隣の奥さん、ちょっと潔癖なとこがあるでしょう。だから、我慢できないみたいでね、すごく騒いでたから。ほら、年頃のお子さんもいらっしゃるから、ちょっと毎晩のように派手にされちゃうと情操教育上よくないんじゃないかって心配みたいで……」

俺の方を見て、あっと声をひそめ、くすくすと笑い合う。今さら恥じらうふりをしても気味が悪いだけだ。朝から嫌なものを見た。

聞かなかったふりをして去ろうとすると、女が口をひらいた。

「ああ、それでなんですね」

相変わらず小さな声だった。けれど、声には緊張も羞恥もなく、いたって普段通りというような話し方だった。

「それでって……？」

「では、そのお友達に伝えていただけますか。わたしたちがセックスしている時に壁を叩いたり蹴ったりするのをやめてください、と」

主婦たちは口をあけたまま固まってしまった。まるでセックスという単語を初めて聞いたかのように。

「夫婦がセックスするなんて当たり前のことなんですから。お願いしますね」

女は軽く頭を下げると、歩き去っていった。残された主婦二人はしばらくぽかんとしていたが、顔を見合わせると弾丸のように喋りはじめた。俺がいることも忘れて、「なんて恥知らずなのかしら」「頭がおかしいんじゃないの」「ふしだらだわ」「穢らわしい」と言葉はどんどんエスカレートしていった。顔を上気させて女を糾弾する。

俺はその罵りを遠くに聞きながら、女の後ろ姿を見つめていた。

主婦たちを見つめ返した女の目は静かだった。そのまなざしが昔の彼女に似ていた。自らの欲望に対して、微塵の迷いもない目。いや、欲望じゃないのかもしれない。彼女は当たり前のことを言っていた。夫婦でセックスをするのはおかしなことではない。でも、あんなことを言われて、どうして平然としていられるのだろう。昨夜だって、あんな時間とはいえ、人に見られることなどなんとも思っていない様子だった。

まっとうなはずなのに、どこか狂気じみている。

怖い。あの日は怖い。

でも、もう一度見たいと思った。

その日、早めに仕事を切りあげると、まっすぐ駅に向かった。電車を降りると、自宅とは逆の方へ向かった。

麻美が言っていた本屋は五分ほど歩くと見えてきた。昭和風のアーケードの端にあり、白い煉瓦の外装は洒落ていて周りの景色から少し浮いていた。ギャラリーは確か奥にあったはずだ。

いつの間にか、片手で拳を作っていた。手をひらくと汗ばんでいた。ズボンに擦りつけ、外国映画にでてきそうな扉を押して中に入る。

中は芸大風の若者がほとんどだった。俺より年上の人間もちらほらいたが、スーツを着ているのは俺だけだった。書架の間を歩く。美術書や写真集の品揃えが良い。それ以外の分野の本は偏りがあり、明らかに店員の趣味で選ばれている感じがした。

古い木材を張られた床が軋む。ガラスで仕切られた奥の部屋には人影がなかった。こちらは本屋とはちがって床も壁も目に刺さるような真っ白な空間だった。白黒写真が飾られている。出入り口に置かれた小さな立て看板には、ギャラリーは十九時まで、と書かれていた。

娘に絵本でも買って帰ろうかと、児童書のコーナーを探していると、会計カウンターの後ろから５０８号室の女が出てきた。朝と同じニットワンピースを着ていた。大ぶりのストールをさっと巻きつけると、「お疲れさまです」とエプロン姿の店員たちに声をかけて扉へ向かう。

反射的に後を追いかける。店仕舞いのシャッター音が響くアーケード街を、女は颯爽と歩いていく。スーパーとドラッグストアに寄り、片方の肩にエコバッグをかけ、片手にはトイレットペーパーの袋をぶら下げた。どこから見ても、家庭を持った普通の女だった。

マンションの近くで、女の携帯が鳴った。女は立ち止まり、エコバッグを持ち直し、電話にでた。歩を速めて女を追い抜きながら表情を盗み見た。女は笑顔を浮かべながら話している。

「イツキ先生が？　仕方ないわね。ん、わかった。待ってる」

目を細めて、囁（ささや）くように言うと電話を切った。すっと涼し気な顔に戻る。目が合いかけたので、急いで女から離れた。

マンションに着くと、駐輪場脇のフェンスに隠れて女が来るのを待った。女がオートロックを解除し、エレベーターに乗ったのを確認すると、溜めていた息を大きく吐いた。なにしてんだろ、俺。ぼそっと声がもれた。頭を振ると、エレベーターの扉の前に行って、五階のボタンを押した。

甘ったるい匂いが鼻をかすめて、女の残り香かと思ったが、夜の金木犀の匂いだった。重く、けだるく、絡みついてくる。

家に戻ると、娘を抱いてテレビを見ていた麻美が「もう、帰る時は連絡してって言っているのに」と声をあげた。娘が舌っ足らずの口調で語尾だけ真似をする。

「先に風呂入るよ」と、顔も見ずに洗面所に向かった。

早く帰れる日は女の後をつけるのが癖になった。

女は週に四回ほどギャラリーに出勤していた。展示はいつも写真だった。店の写真集のセレクトも彼女がしているようだった。ギャラリーでは月に数回イベントもやっていて、その日は本屋と同じ二十一時過ぎまで開いていた。女も手伝っているところを見ると、早く家に帰る必要はないようだった。

彼女の夫の出勤時間はまちまちだった。平日に家にいる日もある。研究職かクリエイティブな職に就いているのかもしれない。夫婦は、女の仕事帰りに待ち合わせることもあって、二人は二十代のカップルのように腕を組んだり、指を絡ませたりして歩いていた。話す時も顔を寄せて囁き合う。その姿を見ると、心臓が早鐘を打った。

俺は女を観察しながら、何かを期待していた。その何かは自分でもわからなかったが、もうひと目、もうひと目と、目が女を追ってしまう。

マンションの主婦たちは相変わらず女の噂話をしていた。女が通り過ぎると、ひそひそと陰口が飛び交った。けれど、彼女が気にする様子はなかった。

女のギャラリーの展示が三回変わった頃だった。休日の夕方、夕飯を作っていた麻美に牛乳を買ってきてくれないかと頼まれた。ちょうど遊び疲れた娘がソファで寝てしまったところだった。「わかった」と頷いて、家着にダウンをはおった。

コンビニに行って、雑誌を立ち読みして、牛乳を買うと、外は夕暮れで真っ赤になっていた。住宅街に沈んでいく大きな太陽に目を細めながら歩く。

マンションへと続く角を曲がると、508号室の女の後ろ姿が見えた。工事中だった場所はコインパーキングになるようで、今はだだっ広い空間になっていた。そこを長いトレンチコートを着た女が背筋を伸ばして歩いていく。

長い髪が風になびく。女はいつも髪をおろしている。そのせいでマンションの主婦たちの間でも浮くのかもしれない。ほんの小さな違いを女たちは敏感に嗅ぎわける。

女の後ろ姿を距離をおいて眺め、女がマンションのエントランスに入ると、いつものように駐輪場に隠れた。エレベーターの扉が閉まったのを見て、中に入った。

突然、エレベーターに乗ったと思っていた女が目の前に立ち塞がった。ぎょっとして思わず後ずさる。女は躊躇(ちゅうちょ)なく、ぐんぐんと近付いてきた。

「どうしてわたしをつけているの？」

「え……いや……」

黒い目がまっすぐに俺を見つめている。そんなに大きいわけでもないのに、吸い込まれそうな目。

「あなた、店にも来ているわよね？　わたしが帰る時、ついてくるでしょう。人違いじゃない、わよね？」

小さいけれど、はっきりした声で、確認するように言う。まずい、と血の気がひいた。

「ち、違います！」

女の眉間に皺が寄った。

「しらを切るの？」

「いえ、あの、そうじゃなくて……あ、話したくて、あなたと」

汗が噴きだす。狼狽（ろうばい）する俺を、女は表情の読めない顔で見つめている。白い息が女の顔のまわりに漂っては消えていく。長い時間に思えた。女はふいに「嘘つき」と呟いた。

「あなた、このマンションの人よね。わたしがふしだらと言われているから、興味を持ったんでしょう。簡単にやらせてくれるとでも思った？」

「や、そんな……」

「じゃあ、なんでつきまとうの？」

返事ができない。何がしたくて、この女を追いかけていたのか自分だってわからない。差し込む夕陽が女の髪をますます赤く染めている。炎のようだ。

「わたし、確かにセックスは好きよ。それは認めるわ。あなたも好きでしょう？」

女は俺の顔を舐めるように見て、ふふ、と鼻で笑った。答えられない俺を小馬鹿にするように。

「でもね、わたし、正しくないセックスには興味がないの。だから、ふしだらと言われるのは納得がいかないわ」

「正しくない……」

「あなた、結婚しているんでしょう」

恐怖で身体が固まった。家には麻美と娘がいる。今、ここで、女にストーカーだと騒がれたら大変なことになる。

「どうして返事ができないの？」

「……しています」

声を絞りだす。家族連れが不思議そうな顔で俺たちを見て通り過ぎていく。指先は冷たいのに、脇は嫌な汗でべちょべちょだ。女は首を傾けて俺の様子を眺めている。白いなめらかな肌に赤い夕陽がさす。「あのね」と、女は唇をひらいた。

「わたしも結婚しているの。だから、わたしとあなたがセックスをするのは、正しくない行為になるの。正しくないセックスなんて、窮屈で嫌だわ。夫とセックスするのは正しいことでしょう。なにも間違っていないわ。なのに、なぜ、それを口にしたからって、ふしだら、と噂されるのかしら。わたしからしたら、頭がおかしいのはそっちなんだけど」

何を言っているのか瞬時には理解できなかった。頭の中で女の言葉がぐちゃぐちゃと絡まる。「ねえ」と女が言った。

「わたしとしたい？」

黒い目が俺を覗き込んでいた。

頭が真っ白になり、口の中がからからになった。衝動的に触れてしまいそうになる。

女はすっと一歩下がると、笑った。何の笑いなのか判断できなかった。

「どんなセックスがしたいの？」

言葉を失った俺に「あなた、なにも答えられないのね」と女は言った。

「わたしが欲しければ、奥さまと別れてきて。そして、わたしと結婚して。そうしたら、いいわよ。なにをしても」

「なにをしても」

馬鹿みたいに繰り返す。女はまた笑って、くるりと背中を向けた。目の端で俺を見る。

「ええ、なにをしても。なんでも。あなたの好きにしていいわ」

そう言うと、ブーツを鳴らして去っていった。

冷や汗が気持ち悪くて、首筋に手をやると、鳥肌がたっていた。

どうやって家に帰ったのか、よく覚えていない。

鍵をあける時、もう辺りが真っ暗なことに気付いた。麻美に牛乳を渡すと、「ひどい顔色」と、ぎょっとした顔をされた。ちょっと悪寒がする、と布団にもぐりこんだ。クリームシチューなのに、と不満そうに言われたが、食欲なんてまるでなかった。それに、クリームシチューは麻美の好物であって、俺のじゃない。

508号室の女の目が、笑う口元が、わけのわからない言葉が、肌が、髪が、頭の中をぐるぐるとまわっていた。警察に突きだされるかもしれないという恐怖がひどい悪夢をみせた。

それから女の働く本屋には行かなかった。駅からの帰り道も遠回りして、女と会わないようにした。508号室の前を通る度に、女の夫が出てきて罵倒されるのではないかと思い、息が浅くなった。

けれど、何も起こらなかった。

数日経って、落ち着いてくると、馬鹿にされたことに気付いた。

付き合ってもいない女のために離婚なんてできるわけがない。あの女は俺ができないことを知っていて、あんな挑発的なことを言ったのだ。気のある素振りなんかして。あの女は男に誘われる度に、ああやってからかっているのだろうか。だとしたら、相当の性悪だ。

本気であんなことを言っているとしたら、本当に頭がおかしい。

考えれば考えるほど腹がたってきて、俺は想像の中で何度も女を犯した。様々なシチュエーションで、ありとあらゆる体位で、思いつく限りの方法で女を辱めた。けれど、その度に空想の中の女は笑った。へえ、あなたのしたいことってこんなことなの。そう言われる瞬間が一番昂ぶった。

事務の北村さんが寿退社することになった。何ヶ月目か知らないが、妊娠していたらしい。

「あんなこと言っておいてさ、やることやっててんじゃん」と、小杉が耳打ちしてきた。女性社員の輪の中で、北村さんは微笑を浮かべていた。麻美も同じような顔をしていたな、と思いだす。

仕事から帰ったら、テーブルの上に母子手帳があった。麻美は満ち足りた微笑みを浮かべて台所に立っていた。包丁がまな板に当たる規則的な音は、これでいいの、と言っているように聞こえた。

俺もほっとしていた。子供ができたことへの嬉しさよりも、毎月、周期的に求められていたセックスから解放されたことへの安らぎが勝っていた。すべてにおいて受け身なのに、優しく扱わないと拗ねる。どうしたいか訊いても、何か言いたげな顔で黙ってしまう麻美とのセックスは、子作りのために義務化してからは一層苦痛なものになった。性欲ではなく、目的のためのセックス。

あの微笑みは目的が達成されたことへの満足の笑みだったのだと気付いた。

「おめでとう」と声をかけると、北村さんは「なんか照れくさいですねー、ありがとうございます」と笑った。欲しいものを手に入れたら、次はどうするのだろう。

北村さんが行ってしまうと、小杉がちらっと俺を見た。

「お前、目の下のくま、すごいよ。なんだよ、最近お盛んなの？」と、にやにやする。

そんなことあるわけない。

「えっ、なんて？」と訊き返してきた小杉を無視して、パソコンに向き直る。

お盛んどころか、508号室の女の目が頭から離れない。一重の奥の、吸い込まれそうに黒い瞳。こちらをまっすぐに見つめてくる。その目に純粋な欲望が灯るのを見てみたい。

夜、電気を消すと、暗闇に女の目が蘇った。今頃、何をしているんだろう、と思った。想像すると眠れなくなり、麻美たちが深い寝息をたてはじめるのを待って、そっとマンションの廊下を進んだ。

508号室の前で周りを窺い、そっと冷たいドアに耳を押しつける。耳を澄ますが、中から気配らしきものは聞こえてこない。二人は寝室にいるのだろうか。今夜も互いを激しく求め合っているのだろうか。

想像すると、狂おしい気持ちになった。拳で思い切りドアを殴りつけると、ものすごい音が廊下に響き渡って飛びあがった。走って家へ戻った。

　玄関にしゃがみ込み、寒さと恐怖に震えた。とんでもないことをした。冷えきった手から、血のような鉄錆の臭いがする。508号室のドアの臭いだ。汚らしい俺の妄執の臭い。

　吐き気が込みあげて、もう耐えられない、と思った。

　また508号室の女を目で追うようになった。

　女は俺に気付くと、涼し気な目の端で一瞥して、後は俺の存在を無視した。こちらを見てくれないので、話しかけられなかった。

　ある日、仕事を終えてマンションに戻ってくると、508号室から女の夫が出てきた。こざっぱりとした服装で、膨らんだ書類鞄を持っている。すれ違う。

「今からお仕事ですか」

　声が勝手にもれていた。男は足を止め、俺を見てわずかに首を傾げた。どこかで会ったかな、と思案するように。

「ええ、研究室に泊まり込みでして」

　誰かと間違えたのだろう。男は穏やかな口調でそう言うと、軽く会釈をしてエレベーターの方へ歩いていった。

　エレベーターの扉が閉まると、508号室のドアに飛びついた。ドアを叩き、呼び出しボタンを連打する。

かちゃん、と鍵の外れる澄んだ音がして、「忘れ物？」とドアが開いた。弾んだ、悪戯っぽい声だった。久々に聞く女の声に、身体中の血が熱くなった。

驚いた顔の女と目が合う。俺は女の手首を掴むと、強引に中に入った。

入った瞬間に腕を振り払われて、突き飛ばされる。膝の辺りを蹴られた感触もした。バランスを失い、玄関に尻餅をついてしまう。尻と手が冷たい床に触れた。片手が玄関に置かれていた革靴の中に入った。

慌てて立ちあがろうとすると、「なんなの、あなたは」と押さえつけるような声が降ってきた。女が俺を見下ろしている。必死で女の脚にすがりつく。

「お、お願いします。一度……、一度だけでいいから……触れさせてください」

女は黙っている。俺は額を膝にこすりつけて懇願した。ストッキングの感触が心地好かった。声を嗄らして女を求めながらも、頭の一部分は奇妙に醒めていて、情けない自分の姿を上から眺めていた。もう引けなかった。床に這いつくばり、同じ言葉を繰り返した。

「あなた異常よ」

やがて、ぽつりと女が言った。顔をあげると、温度のない目が俺を見つめていた。

「あなた、奥さんとはしてるの？」

「え……」

「答えて」と、床についた手を踏まれる。

「子供ができてからずっとしていない……です」

「どうして」

どうしてだろう。子供ができる前だって、排卵日だと言われないとほとんどしなかった。答えられずにいると、手の上から足が離れた。

「じゃあ、いま、してきて」

「は」

女も、は、というように口をあけた。俺の真似をしたのかもしれない。それから、静かな声で言った。過激な言動とは裏腹に、女の表情と声は落ち着いていた。いつも、いつもそうだった。

「わたし、言ったわよね。正しいセックスしかしたくないって。わたしからみたらあなたは異常者よ。変態で、頭がおかしいわ。するべき相手ともしないで、間違った相手としたいだなんて」

「それはあなたのことが……」

「訊いていない」と遮られた。

「聞いて。俺はあなたがどうしても……」

顎に衝撃が走り、目の裏に火花が散った。こめかみが鈍い音をたてて壁にぶつかった。

ややあって、膝で蹴りあげられたのだと気付く。

「そんなことに興味ないわ」

女が俺の前にしゃがみ込む。

「あなたがしたいのはセックスなんでしょう? わたし、誰かにばれたらどうしようとか、訴えられたらとか、余計な心配しながらセックスしたくないの。許されない関係に酔うとか、タブーは蜜の味とか、そういうの、わたしにはまったくわからない。正しい相手と正しい環境でとことん溺れないと気持ち良くないの。そういうセックスをしたら、他の人間なんかどうでもよくなるわ。異常者のあなたには、わからないんでしょうね」

首を振る。何か言おうとすると、頬を摑まれた。爪が食い込む。さっきから、痛いのに痛くない。女の手からは柑橘の香りがして、目にひりひりとしみた。

「なにか言いたそうね」

女の黒い目がすぐ近くにあった。俺が見たかった目。女が手に力を込める。俺の唇が湿った音をたてて潰れる。

「じゃあ、いますぐ奥さんとしてきて。正しいセックスができるってことを証明して。そうしたら、話くらいは聞いてあげる」

突然、手を放された。前のめりになり、壁に手をついて身体を支える。

「いまから……？」

「ほら、早く」と、肩を蹴られた。

のろのろと立ちあがると、背中を押されて外に出された。背後でドアが音をたてて閉まる。

廊下は薄暗く、灰色に伸びていた。自分の家の方へと自然に身体が進む。

いつかの、夕陽に染められた女の顔が蘇る。あの時、なにをしてもいいわよ、と女は言った。結婚したら、なにをしてもいい、と。

なにをしたかったのだろう、俺は。

見慣れた家の玄関で立ち尽くす。

パチンと灯りがついて、リビングから麻美が駆けてきた。

「もうー、帰る前に連絡してって言っているでしょう」

腕を摑んで引き寄せると、床に押し倒した。首筋に顔を埋めると、野菜を茹でたような匂いがした。

「ちょっと……どうしたの？」

麻美が身をよじりながら逃れようとする。押さえつけ、耳元で呟いた。

「夫婦なんだから、当たり前だろ」

そう口にした瞬間、身体に力がみなぎるのがわかった。麻美の顎を摑んで、覆いかぶさり、口のなかを舌でかきまわした。胸を乱暴に摑み、エプロンをまくりあげ、ジーンズをおろす。

下着に指を突っ込むと、濡れていた。ふいに身体から力が抜けた。指を動かすと、麻美が甘い声をもらした。湿った音が廊下に響く。

拒まれないことに安堵していた。受け入れてもらえて満足していた。子供みたいに。

俺がしたかったのは、こんなことだったのか。

自分に吐き気がして、麻美の胸に突っ伏して泣いた。

幸福な離婚

秒針の音が耳につく。

遠くなったり、近くなったり、ときには浅い夢にまぎれ込みながら、暗闇の中、ずっと響いている。

昨夜の飲み会で慣れない赤ワインを飲みすぎたせいかもしれない。こめかみが軽く疼(うず)く。昨夜といっても帰ってきたのはほんの数時間前なのだけど。

寿退社するという市川さんの笑顔が、まぶたの裏によみがえる。大学院までいって二年しか働かないのか。まだ二十六歳でしょうに。出張のお土産を経費で買ったときは驚いたなあ。ああ、教えたこと無駄になっちゃった。ふつふつと浮かんでくる言葉を、必死にワインで流し込んだ晩だった。

けれど、なにも言わないわけにもいかない。お世話になりました、とかけよってきた彼女に、ねえねえ本当に辞めるのと訊いてしまいそうになった。結婚は絶対じゃないよ。そう言いかけて、まだ言う立場ではないことを思いだす。結局、隣の人にならっておめでとうと言った。ひどく軽い言葉のような気がしたのに、彼女は疑いのない目でわたしを見返して、宮原さんありがとうございます、とまだ学生みたいな細い声で言った。正しい顔だなあ、と思った。

もし、わたしも正しい言葉をかけるとしたらなんだっただろう。

文字がぐるぐると頭をまわる。少し考えて、諦めて薄く目をあけた。

まだ薄暗い。夜明け前の、世界が眠りに沈む無音の時間。わたしだけがくっきりと浮かびあがっているみたい。低い天井を見つめると、木の板にところどころできた染みが黒々と迫ってきた。せっかくゆっくり寝ていられる日だというのに。

「起きちゃった?」

青みがかった薄闇の向こうで、大きくふくらんだ布団から、くぐもった声が聞こえた。どんな時間に目を覚ましても、隣で寝ているイッキには必ず伝わる。まるで、まぶたが上下する音が聞こえるかのように。

「うん」と天井を見上げたまま答えると、「眠れないの?」と寝返りをうつ気配がした。まだぼんやりした声をしている。深くて、男性にしては柔らかくて、好きな声だと思う。

「眠りたいんだけどね」

眼球の裏が熱い。身体も疲れている。けれど、頭の芯に飲み会の余韻が残っている。

半分眠りに溶けたイッキの声を聞いていたい気持ちもあったが、喋り続けたらイッキも眠れなくなってしまうだろう。お茶でも飲んでくる、と起きあがる。

「味噌汁が一杯分あるよ。大根と揚げの」

「夕飯の余り？」

「ミヤが帰ってきたら飲むかと思って残しておいた」

わたしが帰ってきたとき、イツキはもう寝ていた。一時をまわっていたと思う。一年前だったら、酔って深夜に帰ってくる罪悪感もあって、こういう彼の細やかさを嫌味だと感じただろう。でも、今は「ありがとう」と素直に言える。

階下に降りて、ガスの元栓をひらきコンロに火を点ける。居間のソファに転がった自分の鞄からお茶のペットボトルを取りだし、ラッパ飲みしながら、青い火が銀色の鍋の裏を静かに舐めるのを眺めた。台所の床が足裏を刺すように冷たい。古民家好きのイツキが見つけてきたこの古い家は隙間風がすごくて、部屋の中の温度は外気とほとんど変わらない。

階段の軋(きし)む音が聞こえて、イツキが台所にやってきた。眼鏡をかけているが、目はほとんどあいていない。「起こしちゃった？　イツキも飲む？」と尋ねると、顎を二回揺らしたので鍋に水を足した。

二人で向かい合って、少し薄い味噌汁をすすった。

「一晩おいた大根はおいしいね」

「揚げもね」

「まだ夜が明けてないから一晩たってないけど」

「でもうまいな」

ため息をつくと、目が合った。十年以上見続けている慣れ親しんだ顔。お互い様なのだろうけど、目のまわりと肌から若さがくすんでいく気配を感じた。

目を落とすと、空になった木の椀から細い湯気がたっていた。血が胃に下がって、眠気がまとわりついてくる。頭と身体をこわばらせていた冷たいなにかが剝離していくような気がした。

ふと、わかった。

「がんばって、だ」

「なにが」

わたしの分の箸と椀も持ってイツキが立ちあがる。

「結婚のはなむけにふさわしい言葉」

イツキの眉間に一瞬皺が寄り、温まったばかりの胃の底がひやりとする。けれど、すぐに考えているときの表情だと気づく。

「そうかもな」

そう彼は言い、流しに向かう。「寒い。なんでストーブつけないの」と、大げさに肩を震わす。

今のは、無神経だと責められてもいいところだ。でも、イツキはなにも言わない。

「すぐ布団に戻るから」

つぶやいて、壁に貼られたカレンダーに目をやる。

あと、四ヶ月半。

百五十日足らずで自分に属するものではなくなるからか、イツキはもうわたしを自分のかたちに添うように矯正しようとはしない。

こんな時間もあと何回あるだろう。

古い給湯器がやかましい音をあげる。立ちあがって、イツキがひらいたばかりの蛇口をしめる。

「ね、起きてから洗っとくし、寝ようよ」

イツキの手をひっぱって寝室に戻る。二つ並んだベッドの、ドアに近いイツキのほうにもぐる。布団の中はまだ人肌を残していて、かすかに湿っぽかった。

冷えた足をイツキの身体にくっつける。「つめたっ」と叫ばれたが、離れようとはしなかった。

「どうして短時間でこんな冷蔵庫の肉みたいになるわけ」

身体でくるむように抱きしめてくれる。温もりと眠気にまみれたくて、イツキの身体にしがみつく。イツキの肌はいつも熱い。あたたかいというより、熱い。昔はいつかこの身体が老いて冷たくかたくなってしまうことを想像して、涙を流したこともあった。自分も同じように老いることなんて考えもしない頃だった。

けれど今はなにも考えず、イツキの首筋に頬をこすりつけ、耳の後ろのにおいをいっぱいに吸い込む。互いの体温が混じりあって、触れている場所から溶けて繋がっていくような気分になる。

イツキの髪が鼻先をくすぐり、唇にひんやりした耳たぶが触れると、身体の内側が痺れた。もっと奥にもイツキの熱が欲しくなる。

「ちょっとまだ酒臭いな」

かすれた声でそう言うと、イツキは顔を寄せてきた。薄い唇を甘噛みしてわずかな塩気を味わうと、舌をからめた。服の中にイツキの手が入ってきて、乳房を包み身体をなぞる。撫でられた部分がやわらかく溶けていく。イツキの手から伝わってくる熱と欲望が心地好い。雑念が削ぎ落とされていく。

キスをしながら服をもどかしく脱がしあう。部屋がどんどん青く染まっていく。外から鳥のさえずりが聞こえてくる。朝の光から逃れるように二人で布団にもぐる。こもった空気は肌の熱と吐息ですぐにぬるく湿ってしまう。新聞配達のバイクの音が静かな通りに響いた。もう耳障りな時計の音は聞こえない。

イツキの鎖骨に歯をたて舌を這わし、身体のあちこちに口づける。イツキのにおいのする布団に頭から埋もれ、腰を抱いてもっとも熱くなった部分を口に含むと、頭の中までイツキでいっぱいになった。大きな手がわたしの脚をひらき、指が身体の奥にすべり込んでくる。身体の中心の濡れた裂けめを、音をたてて舐められる。声をあげる代わりに口を動かして喉の奥までイツキを頬張る。紋章か絵で見た、互いの身体を呑みあう蛇みたいだと思う。快感がぐるぐると渦巻く。

　嗅いだり、触れたり、舐めたり、鼓動や声を聴いたり、そのひとの存在に感覚のすべてを集中させる行為や欲求をなんて呼べばいいのだろう。きっと愛とか恋とかじゃない。いま、ここに在るイツキの身体。繋がっているわたしの身体。在るという事実だけが確かで、先はない。だから、言葉は交わさない。身体だけでいい。ここは純粋な欲望しかない完璧な場所。

　朝と夜の間の、切り取られた時間のような、わたしたちの関係。閉じられた場所で、感覚のすべてを使って、わたしたちは安堵と快感をごくごくと飲み干す。

　セックスの後の眠りはいつも夏の日を思いださせる。

　身体から汗がゆっくりひいていく感じが、暑い午後の昼寝のそれに似ているからかもしれない。毎年作るベランダのゴーヤのカーテン、扇風機の唸り、蝉の声、蚊取り線香の煙のゆらめき。古い家は季節によって顔を変えるから、とイツキは言った。彼はわたしと違って「好き」をなかなか言葉にしない。いつも時間をかけ欲しいものに近づいていく。

今年の夏は喧嘩ばかりだった。壮絶ないがみあいを夜通し続けて、明け方に乱暴なセックスをして昂ぶりを抑えて、仕事のために数時間眠り、腫れたまぶたを冷やしながら出勤した。研究職は人に会わなくていいから楽よね、とイッキに向かって捨て台詞をぶつけるのを忘れずに。

悪いのはわたしだった。けれど、許してと言うこともできなかった。積み重なった小さな不満もあった。イッキは苦しそうに見えた。でも、わたしに対して腹をたてていて、その気持ちはどうしても抑えられないようだった。

生活の底にいつも怒りがくすぶっていて、ちょっとしたことで爆発した。十年以上の付きあいだから、互いの痛いところは知りつくしていた。慣れは遠慮の無さを生み、過去のことを掘り返し、根本的な性格まで否定しあった。

泣いたり罵りあったりの日々に終止符を打ったのは、わたしの転勤だった。昇進も約束されていた。

来年度からどうかって、とイッキを見ると、目をそらして、どうせいくんだろ、と言った。いくけど、もうそういうの疲れたよ、どうせとかさ。自分の声なのに驚くほど乾いていた。畳に座り込むと、疲れたな、とイッキも言った。もう信じられないんだ、ミヤのこと。痛いくらい済まなそうな声だった。わかるよ、とわたしはつぶやいて、役所からもらってきた緑の線の入った薄い紙をテーブルに置いた。死にかけの蟬がとぎれとぎれに鳴いていた。

すべてがふさわしいタイミングに思われた。わたしたちはそれぞれ自立していたし、仕事も楽しくなりはじめたところだった。年齢的にも、いまならまだ、と互いが思っていたはずだ。

新しい勤務地へ移るのは年度初めからだった。

最後くらい楽しく暮らそうか。

どちらが言いだしたのかは覚えていない。二人共、疲弊しきっていたのだと思う。届けは来年の四月一日にだすことにして、二人でスーパーへ行った。隣家のひまわりが茶色く萎れ、頭を垂らしていた。もうイツキとは見れないのか、と思った。その日の晩ご飯は一緒に作った。

近所の教会の鐘が鳴りはじめる。昼まで寝ているような人間は悪だと決めつけるような鈍い金属の轟音が襲いかかってくる。

イツキは目を覚まさない。こちらに背を向けたまま規則正しい寝息をたてている。つむじから首を目でたどる。イツキの後頭部のかたちが好きだ。枕で髪がつぶれていると、骨のラインがよくわかる。手をのばし、首のつけ根の盛りあがった骨を触る。指先を下ろしていき、肩甲骨のくぼみをなぞる。

突然、イツキが素早く寝返りをうつ。「くすぐったいよ」と手首を掴まれる。驚いたふりをして手をふりほどき、額と鼻先をくっつけて笑いあう。裸の胸をぴったりくっつけて、しばらくじっと抱きあっていた。イツキの身体はとても静かで、ため息がもれた。

「すこし」

「え」

「熱っぽくない？」

イツキがわたしの額に自分の頬をあてながら言う。

「そろそろじゃないの。肌の感じからいって」

「そうかも、ちょっとだるいし」

確かもうすぐ生理日のはずだ。皮肉なことに、基礎体温をつけなくなってからのほうが規則正しくくるようになった。前は携帯に排卵日を予測するアプリまで入れていた。卵を抱いたピンクの兎から報せがくるたびに、イツキに自動転送されるシステムはないかと重い気持ちになった。イツキが気にするのはわたしの生理日だけで、それは子づくりのためではなく、わたしのホルモンバランスによる情緒不安定のとばっちりをこうむらないためだった。そのことがますますわたしを苛立たせた。二人共そこまで積極的に子供が欲しいわけでもないのに、両親たちからのプレッシャーはわたしにかかってくるから、わたしが動かざるを得ない。終電間際で家に帰り、アプリに従ってセックスを提案して、疲れているからと断られるときの屈辱と憤りといったらない。

黙っていると、「さあ、起きるか」とイツキが離れていった。布団の中の温度が一気に下がる。しばらく残り香にしがみついていたが、洗濯機をまわす音が聞こえてきて、仕方なく起きあがった。

階段を降りると、イツキが玄関にしゃがんでスニーカーの靴紐を結んでいた。

「どこいくの?」

「ちょっと柔軟剤なくなりそうだし買ってくる。なんかいるものある?」

夜用の生理ナプキンが少なくなっていたな、と思ったがさすがに頼めなかった。食器用洗剤の詰め替えと言うと、もう書いてあるとメモを見せられたので、気をつけてね、と手をふった。

「米といだばかりだから、あと二十分くらいしてから炊いて」

「わかった。ありがとう」

背を向けかけると、「あ、電話なってたみたいだよ」と言われた。反射的に身体がこわばる。なにか返す間もなく、玄関の引き戸はがたがたとぎこちなく閉じてしまった。

鞄の中に入れっぱなしにしていた携帯の画面は、着信やメール受信をつげる文字でいっぱいだった。

同じ部署の女の子たちからは飲み会のお礼がきていた。絵文字で簡単に返す。先月の展示会で知り合った、広告代理店の男性からもメールがきていた。西村です、とあという題名。夜分遅くすみません、先日はランチをご一緒できて楽しかったです、とある。わたしへのさりげない賛辞と、ランチで話した内容への補足。差し支えなければもう少しゆっくりお話ししたいので今度は飲みに行きませんか、と締められている。

飲みにいくのは構わないのだけれど、最後のほうの「迷惑だったら言ってください」の一文が気になった。たとえ本当に迷惑だとしても、仕事でまた会う可能性のある人にそんなことを言えるはずがない。相手を気遣っているふりをして、自分に逃げ道を与えている。こういう男って礼儀正しいふりをして近づいてきて、あんまり可愛かったからとか甘い言い訳をしながら無理やり手をだしてきそう。気分が萎える。透けて見える下心なら、いっそ隠さないほうが潔くていい。言葉の要らない場所まで近づきたいなら小手先の言葉なしでこいよ、と思ってしまう。

不思議なことに結婚してからのほうが男性から声をかけられるようになった。後腐れなく遊べると思われているのだろうか。

返事は休みが明けてからしよう、と画面を消して台所に向かう。流しはきれいになっていて、揃いの椀と箸は洗いかごに並んでいた。しまった、とちょっと思いながら、赤いケトルに水を入れコンロにかける。

この先、わたしは誰かに本気で恋をすることがあるのだろうか。自分の仕事も生活もなげうって、全力で誰かにぶつかる自分が想像しにくい。最近は新しい人に会っても、ちょっとした仕草や言葉遣いで、その人との先がうっすら見えてしまう。そうなると、ちろちろと燃えはじめた熾火も急速に鎮まっていくのだった。

三十代ってそんなものだろうか。結婚への幻想が砕かれたからそう思うのか、それとも仕事に集中したいこの歳だからそう感じるのか。

三年前、二十代の終わりにイッキに言われたことがあった。「ミヤってさ、可能な限り自由でいたいって思っているでしょ」と。そうかもしれない。不安になって、イッキとの結婚を決めた。どんなに揉めても、嫌だなと感じても、誰かと生きていく人生を一番に考えて行動した。していたつもりだった。それが人として正しい姿だと思っていたから。

けれど、正しい状態ではない今、わたしの心は穏やかだ。

手の中の携帯が震えだす。昨夜から何度もかかってきている。名前を消すだけではなくて、着信拒否にしておけば良かったと悔やむ。

見慣れた番号が浮かんだ瞬間、その男との記憶が肌によみがえるから。においとか、感触とか、身体の記憶はどうしたって消えない。

大きめの急須に茶葉を入れて沸騰した湯をそそぐ。茶葉が蒸れるのを待つ間に電話は静かになった。マグカップを二つだし、急須と一緒にお盆に載せてテーブルに運ぶ。自分の分だけ番茶を注いで、ダウンをはおる。イツキの書斎を通ってベランダにでた。大きすぎるサンダルの下で板がぎしぎしと揺れた。

ベランダからは住宅街の中の四辻が見えた。手すりに肘を載せ、マグカップからたちのぼる日向(ひなた)の落ち葉のような香りを吸い込む。

大きく深呼吸をしてから電話をかけた。

コール音が響く。留守番電話に切りかわった瞬間、押しのけるように工藤(くどう)さんがでた。

「おい、どうしたんだよ」

そっちこそ休日の昼間に電話をしてくるなんてめずらしい。けれど、嫉妬と勘違いされたら面倒なので言わない。

息を吸って、抑揚をつけずに「なにがです」と言う。

「電話ずっとでなかったろ。メールだって返事がないし」

「忙しくて」と短く答える。ちゃんと裏を読んでくれよ、と祈るような気持ちで。

沈黙が流れて、わざとらしいため息が聞こえた。息がかかったような気がして首筋に鳥肌がたつ。

「お前、そういうところあるよな。自分勝手だよ。心配するだろ」

ため息を呑み込んで、秋晴れの空をあおぐ。

「なんの用事でしょうか」

「なんでそんな冷たい言い方するんだよ」

わたしの質問には答えず、工藤さんがなだめるような声をだす。どうして男の人って、寝た相手はいつまでも自分の影響下にあると思い込むのだろう。

「何度もお電話いただいたので、よほど大事な用事かと思いまして」

ゆっくりと言ったが、「おいおい」と鼻で笑われる。すねているとでも思っているのだろう。

わたしの機嫌を取ろうとする工藤さんの話を聞きながら、手すりの塗料を爪先で引っ掻いた。ネイルサロンで整えてもらったばかりの、パールベージュの樹脂で覆われた爪は、劣化した塗料をたやすく削り取っていく。

「ご心配をおかけして申し訳ありません。でも、休日のお電話は控えていただけませんか」

話がひと区切りしたところで言うと、また沈黙が流れた。わたしはガリガリと塗料を剝がし続ける。

ややあって、憤りを抑えるような声がした。

「俺のせいだと思っているのか」

そう思っていた時期もあった。「いいえ」と、ついため息がもれる。ああ、時間の無駄だ。こんな時間を過ごすために貴重な休日を空けているわけではないのに。

「工藤さんのせいではありませんし、怒ってもいません。ただ邪魔をしないで欲しいだけです」

「邪魔」

工藤さんの声が変わった。

営業部の工藤さんとはじめて関係を持ったのは去年の今頃だった。十ほども違う人と身体を重ねて思ったのは、ねばっこいな、だった。肌も髪も交わり方も贅肉のつきだした腹まわりも。けれど、ねばりにからめとられるうちに、わたしの身体もねばってくるようになった。どうしてこの人とだと、わたしの身体はねばって、執拗に腰を動かし、いやらしい声をあげるのだろう。その正体を知りたくて、また逢った。逢う度、これが最後かもしれないと思い、思うと身体はますますねばった。そうして、出張先で逢っていたのが、出張だと嘘をついて逢うようになっていった。察しのいいイツキはすぐに気がついた。

工藤さんには娘が二人いるらしい。わたしたちの関係がイツキに知られたとき、工藤さんは「俺はあなたの家庭を壊すつもりはないから、しばらくは離れていたほうがいい」と言って、会社でしか口をきいてくれなくなった。そのくせ、訴えられないかとびくびくして、様子を探るためにときどき連絡を寄越してきた。

工藤さんと逢うために、わたしはイツキに何度も何度も嘘をついていた。嘘を隠すために嘘を重ねて、自分でもなにが本当でなにが嘘かわからなくなった。嘘をひとつひとつ暴いては、イツキはわたしを責めた。

激情にまかせてイツキが「他の男に抱かれた女を、おれは一生抱かなきゃいけないのか！」と叫んだとき、その事実だけは彼の中で永遠に変わることがないのだと知った。それを消すには、わたしを消すしかないことも。

その瞬間、わたしは諦めたのだと思う。許してもらえるかもしれないという期待も、保身に走った工藤さんへの憎しみも、砂浜に書いた文字のように消えた。

後には、熱も湿り気もない、さらさらと乾いた景色がどこまでも広がっているだけだった。

ふいにくしゃみがでて、イツキの部屋にティッシュを取りにいく。勢いよく鼻をかんで、ゴミ箱に放るが入らない。音もなく畳に転がったティッシュを見ると、工藤さんと最後に会った晩を思いだした。

「邪魔ってなんだよ」

携帯を耳に戻すと、工藤さんがすかさず言った。聞いたことのない声だと他人事のように思う。あのとき、こういえば良かったんだ。

離婚が決まってから一度だけ工藤さんに会った。彼がわたしの出張先にやってきたのだ。ホテルのバーで二杯ほどカクテルを飲んで、イツキと別れることを話した。工藤さんは言葉少なに相槌をうち、終電で帰っていった。けれど、途中で電車を降りてタクシーでわたしのホテルに戻ってきた。部屋のドアをあけた途端に抱きつかれ、嚙みつくようなキスをされたけれど、もう自分の身体がねばらないことに気づいた。こういうドラマチックなことが好きな人だったなあ、とベッドに押し倒されながら思った。

息を荒くしてストッキングと下着を剝ぎ取りながらも、自分の時計はそっと外してサイドテーブルに置くのが目の端に映った。

なんだか演技じみていた。不倫も、おそらく夫婦も、きっとすべては演技だったのだ。一度舞台を降りてしまえば、ただただ白々しいだけだった。

不倫という欲情のための燃料は、離婚の決定と同時に消えていた。状況はもう変わっているのに、どうしてこの人は同じ演技を続けようとするのか。

工藤さんはした後もずっとわたしを抱きしめていた。わたしはソファテーブルの上の資料を見つめていた。朝までに読んでおきたかったのに、と残念に思いながら。生活感のない清潔な部屋の床で、雑に丸められたティッシュが小道具のように薄闇に浮かびあがっていた。

携帯に向かって「困るんですよ、こういうの」と言葉を吐きだす。気持ちのさめた男なんて使用済みのティッシュと同じだ。洗濯終了のブザーが階下から聞こえてくる。

顔をあげると、家々の向こうからイツキが歩いてくるのが見えた。ぎいっと爪先が嫌な音をたて、剝がれた塗料が爪と指の間に刺さった。舌打ちをしてしまう。

「夫が帰ってきますから切ります」

「夫」と、工藤さんが妙な声をあげた。

「なんだ、よりが戻ったのか。だったら俺は別に……」

「いいえ、四月に別れます。でも、今は平和に暮らしていますので、ご心配なく」

ビニール袋を提げたイツキが立ち止まる。コインパーキングの前でしゃがみ込む。なにかに手をのばしているが、電信柱の陰になっていて見えない。背のびをすると、マグカップのお茶が少しこぼれた。

「あと半年くらいあるじゃないか。別れが決まっているのに一緒に住んでいて、平和か。俺にはちょっと理解できないな」

工藤さんが苦い声で言う。新入社員の常識の無さを非難するような口調で。

「だいたい、そんなことしてなんになるんだ。時間の無駄だろう」

黙っていると、「まあ、俺が口をだすことじゃないか」と自虐気味な笑い声をつけ加える。

「ええ」と、イツキが立ちあがるのを見つめながらつぶやいた。日差しが彼の眼鏡に反射して一瞬まばゆい光を放つ。

「あなたは無関係ですから」

「なんだそれ」と、工藤さんは吐き捨てるように言った。

なぜか彼は怒っていた。怒りを誤魔化すために小馬鹿にした声をだそうとさえしている。その声を聞くと、ひどく可笑しくなった。「では、失礼します」と笑うと、言い終わらないうちに電話が切れた。すぐに携帯の電源を切る。

マグカップの中のお茶はすっかり冷めていた。

二人が揃う休日はなるべく予定を決めない。イツキが論文や実験で徹夜明けのときもあるし、わたしが残業か飲み会で前日が遅いときもあるので、アラームをかけずに目が覚めた時間に起きる。

土鍋で白米を炊き、冷蔵庫にあるものでこまごまとしたおかずを作り、食卓に並べる。その間、片方はベランダに洗濯ものを干す。

今日はわたしが朝食係だった。朝食といっても、ほとんど昼に近い時間になってしまうのだけれど。オクラ納豆、ピーマンとじゃこのきんぴら、だし巻き卵、ほうれん草とえのきの胡麻よごし、それにイツキがさっき魚屋で買ってきてくれた塩鯖の切り身を焼く。汁は豆腐となめこの赤だし。

食事の中で、朝食が一番きれいだと思う。土鍋で炊いた米は透けるような白色に輝き、開封したての海苔はぱりっとして気持ちがいい。卵の優しい黄色も、梅干しの赤も、小鉢の緑も、味噌汁の湯気の向こうで正しい場所におさまっている。庭からのやわらかい日差しが食卓を包む。

別れることが決まった途端、イツキとのありふれた日常は脱皮するようにまあたらしいものになった。すべての瞬間が鮮やかで澄んでいて、かけがえのないものに思われた。イツキが土鍋を食卓に運んでくれる。かがんだ彼の前髪から、かすかに頭皮のにおいが降ってくる。

長いつきあいだけれど、彼の体臭をここまで心地好いものに感じたことはなかった。イツキが椅子の背もたれをそっとひき、座る。その所作を意識で追いながら、ご飯をよそう。

「あれ、明太子なかった?」

ご飯茶わんを渡すと、イツキが子供みたいな声をあげた。

「あるある」と立ちあがる。冷蔵庫をあけたわたしの背中に「昨日、高菜も刻んで炒めておいたんだよね。中段のオレンジのタッパー」と声がかかる。

「もう、何杯食べるつもりー」と言いつつも、豆皿に両方盛りつける。一緒に旅行をする度に集めたこの豆皿はどうやって分けたらいいのだろう、とふっと思う。

「土鍋ご飯おいしいから、つい食べ過ぎちゃうよな」

イツキが目を細めながら、きらきらしたご飯を海苔でくるむ。「ねえ」と笑う。土鍋で炊いたご飯はひと粒ひと粒がくっきりとして甘い。

イツキとは食べ物の趣味が合うせいか、一緒に暮らしてからはおかずのローテーションまで一致するようになった。来週あたり、辛い麻婆豆腐が食べたくなる頃だ。

赤だしの中の豆腐を口に運びながら「そういえば、そろそろ」というイツキに、「花椒（ホアジャオ）きかせたマーボーね」と言うと、「それそれ」と激しく頷かれた。

「じゃあ、イツキもあれ仕込んでよ。和風カレー」

「牛すじと大根いれたやつ？」

「そう、ルーから作るやつ」

「あ」と、イツキがお椀を置く。

「ごめん、来週末、学会に行かなきゃいけなくなったんだった」

「どこ」

「仙台。カレー作っていくよ」

わずかに胸が曇る。鯖の焦げて弾けた銀色の皮を、箸の先でひっぱった。透明な脂がしたたる。

「いいよ、一緒に食べたいし。一人で明太スパでも作る」

わざと明るい声で言う。

「いいな。ミヤの明太スパ、紫蘇とバターたっぷりでうまいよな。おれも食いたい」

「残念でしたー」

イツキは天井をあおぐと、ふっと目を落とし「行きたくないなあ」と小さく笑った。一緒に来る？　とはもう訊いてくれないのだと気づいた。週末に学会があると、前はたまに一緒に行って観光して帰ってきた。大学の教授夫妻たちとの会食にも、最近は誘われない。イツキもほとんどでかけなくなったから、誘いがあっても断っているのだろう。クロスのかかったテーブルでのフルコースは苦手だったからいいのだけれど、一抹の寂しさがあった。楽って寂しいことなのかもしれない。

「ねえ、イツキ」

切りだされる前に言う。

「なに」

「年末はここで二人で過ごさない？」

イツキはだし巻きを口に運んでゆっくりと咀嚼した。高校時代の友人が、旦那の頷きながら咀嚼している姿を見ると殺意がわく、と言っていたことを思いだす。生理的に受けつけない人間とでも、結婚していたら人は暮らすことができるようだ。

「そうだね」

イッキが頷く。「そうしよう」

ひやひやしたものは底に沈んでいる。その上のぬるいところをすくうようにして、わたしたちは同じ食卓を囲む。


トイレから寝室に戻ってベッドに身を投げると、思った以上に重い音がした。陽だまりに寝転んで本をめくっていたイッキが顔をあげる。

「やっぱりきた」

「そう、薬飲んだ？」

横たわったまま首を縦にふる。布団からイッキのにおいがした。

「今日は仕事はいいの？」

この問いには「大丈夫」とはっきりした声で答える。わたしもイッキも最近は休日に仕事を持ち込むことがなくなった。パソコンも携帯も見ない。

「じゃあ、のんびりしよう」

本に目を落としてイッキが言う。透明な日差しの下でまつげが影になっている。貧血のせいか妙になにもかもが白っぽく見えた。

丸まったままでいると手をのばされたので、にじり寄って太陽の光を分けあった。わたしの髪を撫でるイツキの手がときどき離れて、乾いた音をたててページをめくる。かすれたラジオの音が流れていく。懐かしい曲がかかると二人で口ずさんだ。

下半身の鈍い痛みはなかなか収まらず、わたしはときどき呻き声をあげた。突然はじまる出血のときはいつも重い。身体の奥の肉がちぎれて、溶けて、どろりとしたあたたかい液体になって流れでていく。辛くも、怖くもない、ただ痛いだけ。痛みの中で息をひそめてじっとしていると、自分が消えて感覚だけになってしまったような気分になる。自我と感覚がひっくりかえるとき。

人の手があたたかく感じる。頭に置かれた手を両手で持ちあげて、自分の腹に置く。髪を撫でるのと変わらぬ調子で撫でてくれる。

体調が悪いときの、彼の優しさは変わらない。弱っている人間には誰しも優しくなるのかもしれないけれど。

ケチで意地悪だった母方の祖母に対しても、癌で死ぬ前は親族みんなが優しくなった。最期は退院させて実家で看取ることになったが、息を引き取る前の一週間は仏様のように大切にされていたし、祖母の前では誰も言い争いをしたり不機嫌になったりせず妙に穏やかな表情をしていた。

もうすぐ死ぬとわかっていれば優しくできる。死は別れだ。そうだとしたら、イツキはこの結婚の死を看取ろうとしているのかもしれない。

近所の窓が開いて、布団を叩く音が辺りに響く。ガラス窓ごしに雲ひとつない青い空を見上げる。ずいぶん音が通る。保健室のベッドで寝ていたときを思いだす。制服を着ていた頃は、三十代の自分はもうなににも揺るがない大人になっていると思っていた。

空を見つめていたら、悲しくもないのに涙がこぼれた。片方の目からだけ。

「あれ、どうしたの」

イツキが上半身を起こす。

「なんか不安定なの」

そうつぶやくと、もうひとすじこぼれた。

「死ぬのかな、とか思っちゃって」

くすりとイツキが目を細めた。目尻の皺が深くなる。

「すぐ薬がきいてくるよ。ほんと毎月そんなこと言って、おれが……」

言いかけて止める。いなくなったらどうするの。呑み込んだ言葉が見えた。

「ミヤ」

頬を両手で挟まれた。顔をぎゅうっとつぶされる。

「泣くと、ぶすー」と笑いながら、不格好に尖ったわたしの唇に軽くくちづけてくる。

わたしが泣くと、そうやってイツキはからかう。

「もう、ひどい」と、つられてわたしも笑ってしまう。

「たかいたかいでもしてやろうか」

「嫌だ、こないだみたいに天井にぶつかるもん」

「この家、低いからなあ。じゃあ、ベランダで」

「雨水で傷(いた)んでるんだから床抜けちゃうよ」

「うーん、残念」

心底がっかりした顔で子供じみたことを言う。たまにイツキは馬鹿なのか賢いのかわからなくなる。

「ほら、少し眠りなよ」

身体にまわされた腕で背中をぽんぽんと叩かれ、イツキの胸に顔を埋める。セーターは埃っぽい日差しの匂いがした。

触れあっている部分があたたまってくる。腰をよじると「ここが痛いの？」とさすってくれた。

いがみあっていたときは伝わらなかった痛みが、今はたやすく伝わる。お互い、自分よりも相手を見ているからだろう。

目を閉じて、あたたかさに身をゆだねた。

なにをすることもなくベッドに転がり、薬がきいてくると浅い眠りをたゆたった。過去の記憶がごちゃごちゃとひしめくモザイクのような夢に揉まれた。

肌寒さを覚えて目を覚ます。イッキは本に指を挟んだまま眠っていた。部屋はもう薄暗かった。

夢の欠片（かけら）がベッドの下やタンスの陰に残っている気がしてぼうっとしていると、イッキが慌てて起きあがった。携帯を覗き込んで、「しまった！」と眼鏡を探す。液晶画面で照らされた顔がおかしくて「犯罪者顔ー」と笑う。

「横になってなよ」

イッキはわたしに取りあわずベランダへ向かう。しばらくすると、乾いた洗濯物を両手に戻ってきた。ベッドに広げてたたみはじめる。

「夜ごはん、どうしよっか？」

寝転んだまま洗濯物に手をのばす。布はひんやりと冷えていて、鉄っぽい外気の匂いがした。

「おれが作ろうか？」

「でも、買い物行かなきゃいけないし、それだったら近くに食べに行こうよ」

「起きられる？」

「病気じゃないから」

「じゃあ、化粧とか準備してきなよ。やっとくから」

お言葉に甘えて洗濯物から手を離す。もともとイッキのほうが丁寧にたたむ。起きあがると、すうっと血の気がひいて少しだけふらりとした。

イッキの高校の先輩がやっているカフェバーに行くことにした。父親の仕事の都合で小学校から転校をくりかえしてきたわたしと違って、イッキはずっと同じ街で育ち、大学だけは都心に通った。今も同じ大学で研究をしている。だから、わたしの転勤に合わせて引っ越しをすることは考えにくかった。

イッキは中高時代の先輩や友人からの誘いは滅多に断らなかった。それは結婚してからも変わらず、わたしには理解できないことだった。彼が口にする「地元の」という言葉に嫌悪感すら抱くようになった。

駅前の雑居ビルの三階にあがり、ウォルナットの扉を開ける。「いらっしゃいませ」ではなく「おう」と声をかけられる。イッキは迷いなくカウンター席に向かう。キャスケット帽をかぶったマスターは、なにも訊かずにジョッキにビールを満たしてイッキの前に置く。わたしはドリンクメニューを手に取る。

このマスターは行く度に、イッキの頭を嬉しそうに摑み「こいつほんと昔から頭良かったけどさ、大学教授になっちゃうなんてな」と言う。大学に進学する生徒は一割にも満たない高校だったらしいけれど、だからってなんであんたが自慢するんだよ、と喉元までかかる。イツキは「教授じゃありませんよ」と言いながらも手をふりはらおうとはしない。

わたしの知らないイツキに違和感は覚えるものの、狩猟免許を持つマスターが作る燻製肉や鹿ジャーキーは絶品だ。一見、シンプルな木目調の若い女の子が好きそうなカフェバーなのに、カルボナーラのベーコンが自家製だったりして料理は凝っている。

イツキとマスターが共通の知人の話で盛り上がっている間、わたしは生ハムのサラダや猪肉の煮込みハンバーグなどを取り分けては、薄く作ってもらったカシスオレンジをちびちびと飲んだ。

イツキが三杯目の生ビールに口をつけたとき、トイレのドアに貼られたスタッフ募集の紙に気づいた。そういえば、いつもホールで働いている奥さんの姿がない。奥さんといってもまだ二十六歳で、長い髪を明るく染めた女子大生みたいな子だった。わたしたちが話していてもあまり会話には入ってこず、なにを訊かれてもにこにこ笑っていた。

「あれ？　奥さん、お休みですか」

イツキがちらっとわたしを見た。「あー」とマスターが微妙な声をあげて店内を見渡す。奥のテーブルでＯＬ風の女性たちが三人話し込んでいるだけだった。彼女たちのデザート皿も紅茶のポットももうずいぶん前に空になっている。

「お子さんでも？」

「いやあ、ちょっといまは専業主婦してもらってる」

奥さんはマスターと結婚してから一緒の店で働きはじめた。それまではエステサロンにいたらしい。

「あんま飲食業が合わなかったみたいで」

マスターは耳の後ろを掻く。しばらく黙ってグラスを拭いていたが、「ぶっちゃけ、ちょっとあってさ」と低い声で言った。

「そうなんですか」

イツキが話をそらそうとメニューをひらく。マスターは話したい気分になってしまったのか、「俺さ、見ちゃったんだよね」と続けた。

「なにをですか」と、血が煮つまったような色のデミグラスソースをパンですくう。ライ麦のパンも小ぶりなのにずっしりと食べ応えがあった。どこのパン屋のものか、手作りなのか気になったが、もう訊く雰囲気ではなくなっていた。

「あいつ、もともとメンタル弱くてさ、手首とか十代のときに自分でつけちゃった傷でひどいの。まあ、本気で死ぬつもりとかないと思うよ。なんかさ、滅入っているときに切ると、気持ちよくなる奴いるんだろ。そんな感じだと思うんだけど、その傷がさ、増えてたんだよね」

イツキがフォークを置く。

「付きあっているときは一度もなかったのに、結婚してやるってなんだろな。訊いても、別に関係ないって言うんだよ。関係ないって意味わかんなくない？　不満があるなら言えって言っても、なんも言わないし。なんか、それ以来、うまくあいつの目ぇ見れなくなってさ」

「どうしてですか？」

そう言ったわたしをマスターはわけがわからないという顔で見た。

「え、だって、俺がいるのに、なんか嫌じゃん」

どうせあなたはいるだけでしょう。昔のわたしみたいに、夫婦として、ただいるだけ。言葉を呑み込んだわたしから目をそらしてマスターは言った。

「そういうことされると、俺じゃ駄目だって言われてる気がすんだよな。あと、ちょっと気持ち悪くて。ぜんぜん知らん奴に見えてきて、笑っていても嘘なんじゃないかとか思っちゃって」

「知らん奴なんですよ」

マスターが口を「え」というかたちにする。

「彼女のこと、ぜんぶ知っているわけじゃないですよね。違う育ち方をした、違う人間なんですよ。結婚したからって同じ人間になるわけじゃないんですから」

「でも同じ方向を見てくれないと困るんだよね」

困る、か。昔のわたしたちもたまにそういう言い方をした。共働きなんだから家事を手伝ってくれないと困る。子づくりに積極的になってくれないと困る。こっちの付きあいを理解してくれないと困る。夫婦として足並みが揃わないことがあると、腹をたてたり傷ついたりした。今わたしがした発言も、前のイッキなら、先輩にそういう態度をされたら困る、と不機嫌さを隠さなかっただろう。

でも、今はまわりに夫婦円満をアピールする必要も義務もない。

「ミヤ」と、イッキが温度のない声でつぶやいた。「デザート頼む？」

「イッキ頼みなよ、ここのあったかいガトーショコラ食べたいって言ってたじゃない」

マスターがわたしたちを見比べてふっと笑った。

「お前らって変わってるよね、ずっと名字で呼びあって」

「そうですかね」

どうしてお前ら呼ばわりされなきゃいけないのかと思った。上の名前で呼びあうのが変だとは、大学の頃からずっと言われてきた。でも、今は誰になんと言われようと、その呼び方が一番しっくりくる気がする。

「宮原ちゃんてさ、考え方とか男だよね。割り切ってるっていうか、さめてるっていうかさ」

三十過ぎた女性に、ちゃんづけはない。こういうパートナーがいたら嫌だろうな、と奥さんに少し同情する。悪い人ではないのだろうが迂闊だ。手首に傷のある妻を無理に店にはださないが、彼女が隠している傷のことを知人にぺらぺらと喋る。でも、こういう傲慢さはわたしにもあった。伴侶なのだから自分はなにを言っても許される権利がある、と無意識に信じ込んでいた。

「よく言われます」

そう微笑むと、トイレにたった。イツキがわたしの分のエスプレッソを頼んでくれるのを背中で聞いた。

月のない夜道を歩いて帰った。

朝に感じた張りつめた寒さは和らいでいた。空気に水っぽいにおいがまぎれ込んでいる。雨が降るのかもしれない。夜気を深く吸い込む。

「なんかごめんな」と、店をでてから黙っていたイツキが言った。

「ミヤ、先輩のこと嫌いだろ」

「嫌いだけど、あのお店おいしいし、別に。なんか、こっちこそごめん」

「いや」とイツキが首をふる。

しばらく無言で歩く。暗闇に靴音が響く。

「ねえ、好きな人と毎日会えるって本当は幸せなことだよね。それだけでいいって思う瞬間があったから、一緒に住みはじめるのになあ、とか考えちゃったよ」

「そうだなあ」

イツキの低い声がゆっくりと夜にひろがる。

「先輩、結婚するって決まったとき、相手二十六歳だぞって自慢していたもんな」

「なんでも自慢するよね、あの人」

イツキがはははっと笑った。

もうすぐ家というところで、生臭い匂いが鼻をかすめた。生理のときは妙に嗅覚が鋭くなる。ベランダから見える四辻の真ん中で足を止めた。

ふり返ったイツキがわたしに声をかけかけて、言葉を失くす。視線がコインパーキングのほうにそそがれていた。濡れたタオルのような黒っぽい塊がアスファルトの上に横たわっている。

イツキが一歩踏みだして、唇を噛み「いい、行こう」とわたしをうながす。

「なにあれ？」

「たぶん、猫の死体。体調悪いときに見ないほうがいい」

「猫？」と、声をあげるわたしの背中をイツキがそっと押す。

「よくあそこに集まっているから、ときどき餌をやってたんだ」

朝にベランダから見たイツキの姿を思いだす。地面にしゃがんでなにをしているのかと思っていたが、猫に手をのばしていたのか。

「いいの？」

「パーキングだし、すぐ管理人が片付けるよ」

茂りすぎた生け垣に、家が黒く囲まれている。オレンジ色の小さな灯が浮かんでいる。出かけるときは玄関にぶら下がっている青銅の灯籠を点けておく。そうしないと、門からの砂利道で必ずつまずく。ぼんやりした灯りに照らされたイツキの顔は、陰影が深まり怖い顔に見えた。黙ったまま鍵をあけると、わたしを先に入れてくれた。

痛み止めの薬を飲んで、歯を磨く。イツキは所在無げに居間で立ったり座ったりしていたが、思いだしたように浴室に行ってしまった。追いかけていき、風呂を洗っているイツキに「わたし、もう寝るね」と声をかけた。

「やっぱ、ちょっとだるいし。お風呂は明日にする」

「わかった」

背を向けようとすると、「あ、ミヤ」と呼ばれた。

「なに」

イツキは中腰でスポンジを持ったままわたしを見上げている。

「おれさ、男だから女性としての悩みとか痛みとかわかんないけど、ミヤが女性で良かったと思ってる。ミヤのこと、男みたいだとか一度も思ったことないし、はっきりしたところも好きだよ」

言葉にするんだ、と思った。しない人だったのに。

わたしもイツキが男性で良かったと思っているよ。そう言いかけて、本当に思っているのかわからなくなった。もうイツキを男性として見ていた時期は過ぎていたから。わたしにとってイツキは心地好い体温だった。男とか夫とか、それ以前に、弱ったときに寄り添ってくれるあたたかい存在だった。もっと早く気づいていれば違ったのだろうか。

彼の大きな手を見つめる。白い泡があちこちについている。握り締めたスポンジの鮮やかな黄色が目に痛かった。

「ありがとう。ベッドで待ってるね」

そう言うと、ぎしぎしいう階段をそっとのぼった。

電気を点けたままベッドに横たわると、だるい腰がマットレスに沈んで大きなため息がもれた。身体も脳みそも意識も氷みたいにつるつると溶けて、一滴残らず吸い込まれてしまう気がした。今になってアルコールがまわりだしている。

遠くで赤子の泣く声がする。若い夫婦なんて、この辺りにいないのにな。ぼんやり思っているうちに、気を失うように眠りに落ちた。

ほんの数分のことだった気がする。目をあけると部屋は暗かった。隣のベッドは黒くぽっかりと空いている。唐突な目覚めのせいで頭が働かない。隣に寝ていた人は誰だっただろう。

幾人かの男性の顔がよぎり、イッキだと確信するとようやくはっきりしてきた。イッキはイッキだけど、生涯一緒にいるのだと誓ったイッキではなくて、あと四ヶ月半で離れることが決まっているイッキなのだと、いつものように自分に言いきかす。

起きあがり、廊下にでる。ひやりとした重い風が廊下をすべって吹きつけてくる。裸足の床がガラスのように冷たい。でも、身体はさっきのけだるさが嘘のように軽かった。風はイッキの書斎から流れていた。部屋の畳に片足を載せると、揺れるカーテンの向こうにベランダに佇むイッキの背中が見えた。夜闇にうっすら溶けている。

小声で名を呼ぶと、イッキは黙ったままふり返った。暗い空がごうごうと唸っている。なんとなく近づきがたくて、離れたところから白い横顔を見つめた。寝間着に眼鏡をかけている。風にのってシャンプーの香りが流れてきて、ほっとした。

「なにしてるの」

爪先立ちでベランダにでる。あれ、とイッキが街灯に照らされた四辻を指す。猫コインパーキングの、猫の死体があった辺りに、小さな影があった。よく見ると、猫が一匹丸まっていた。長い尻尾の先がゆっくり動いている。死体は上から見ると、もうアスファルトの染みのようにしか見えなかった。

赤子のような猫の鳴き声が通りを抜けていった。

「あの猫、いつも一緒にいたんだよ」

たんたんとした声でイツキが言った。悲しそうでも、猫をひいた誰かを憎んでいるようでもなかった。彼のまわりの空気はいつもと変わらず静かで、じっと見守るように猫に目をそそいでいた。

「いきなりは辛いね」

しばらくして、イツキは言った。

「そうだね」

同意すると、イツキの肩に頭を寄せた。

死ぬまで一緒にいられなくても、いま、わたしは隣にいるよ。

そう言う代わりに「そうだね」と、もう一度言うと、濡れたものが額に落ちたような気がした。

「雨が降るよ」

「うん」

イツキは動こうとしない。猫たちを見つめたまま「明日どこか行こうか」とつぶやく。

深い声が触れあった身体から響いてくる。

「ミヤの体調が良かったら」

せっかくだから思い出を作ろう。イツキが言葉にならない声で言った気がした。

わたしが死ぬ瞬間、もしイッキを思いだすとしたら、いつの彼を思いだすのだろう。猫の死体を見つめながら、そんなことを考えた。この静かで冷たくて幸福な日々を思いだす気がした。

「家でいいよ」

目をつぶってシャンプーの奥のイッキのにおいを探す。

「家にいようよ」

満ちてくる雨の気配の中に、懐かしいにおいを見つけると、息を吐いた。

冬がきたらこたつをだして鍋をしよう。春になったらぬるい空気の中を散歩に行こう。花のほころぶ香りを一緒に嗅いで、蕎麦と天ぷらを食べビールでほろ酔いになって、昼寝をしよう。最後の休日はそんな風に過ごしたい。

あと、四ヶ月半。

夜の通りで、また猫が鳴いた。

桃のプライド

雑踏の中で誰かが足をひきずっている。靴底とアスファルトが擦れる無気力な音が耳にまとわりついてくる。

左斜め後ろ、顔は見えない。

足を速めて、前を歩くスーツの男性を追い越そうとしたが、一定の速度で進む人の群れに隙間はできない。パンプスの中が汗で粘つく。とうに梅雨明けしたというのに蒸し暑い。

ざずっと背後でまた音がたつ。ぬるい溜息が聞こえた気がした。ふり払うように背筋を伸ばしても、耳障りな音は消えない。遅れながらもついてくる。けだるく惨めな音。

ビルや広告看板で埋め尽くされた狭い空を見上げる。金属めいた窓ガラスで屈折した攻撃的な日差しが目を刺す。サングラスを忘れたことを悔やんだ。最近、頰骨のあたりに浮かんできたシミが気にかかる。あたしはうつむき、室外機から放たれた雑多な匂いが混じり合う空気をかき分けながらじりじりと進んだ。まわりの人々はゴミで汚れた地面を見つめながら無表情で歩き続けている。

ああ、ここから抜けだしたい。

十代の頃からずっとそう思っている。塊になった人間たちから、ぷつりと離れ、誰の手も届かないところへ行きたい。

でも、あたしにできるのは手をあげてタクシーを停めることくらいで、次の仕事も決まっていない現状ではそんな余裕すらない。せめて口角をあげて、最近垂れてきた気がする尻に力を入れ、ウエストを捻るようにして、ウォーキングの練習のつもりで歩く。けれど、背後の嫌な音は消えない。ざりざりと低く不吉についてくる。死神みたいに。この音に追いつかれたら終わり。強迫めいた妄想に襲われる。ばかばかしいと打ち消しながらも、この音が聞こえる時点でもうカウントダウンがはじまっているのかもしれないと思う。急に、背中から萎れていく気がする。だって、二十代の頃はこんな音は耳に入らなかった。

やがて足音は諦めたように遠ざかり、人の波に呑まれて聞こえなくなる。

あたしはほっとして息を吐く。その拍子にバランスを崩し、ヒールが軋(きし)んだ音をたてた。誰かが肩にぶつかり、舌打ちをしながらあたしを追い越していった。

ピアノの生演奏が響くホテルのティーラウンジは、昼間のふんだんな光のせいでどことなくかすんで見えた。絨毯にヒールの音が吸い取られた瞬間、自分の存在もかすんでいくような気分になる。

客は女性ばかり。笑い声とお喋りがさざめいている。誰もピアノを聴いていない。昭和臭いドレスを着たピアニストに同情すると少し体が軽くなった。

腰を痛めそうなくらいふかふかのソファに沈み込むと、恵奈と遼子が同時にあたしを見た。そのまなざしに、初めて会った中学生の頃を思いだす。

「環、先週見たよー、ドラマ」

涼しげな水色の膝丈ワンピースを着た恵奈が甘い声をあげる。華奢な肩にかかった白いカーディガンがかすかに揺れる。

なんで知っているんだろう、あたしのSNSを見ているのだろうか。二歳サバを読んでいるので同級生にはあまり見られたくない。動揺を隠すため「うっわ、よく気づいたね。あんなチョイ役」とわざと明るい声をだす。

「でも、ゴールデンタイムだよね。しかも、けっこう人気あるんでしょう、あのドラマ」

夏でも黒ずくめの遼子はノースリーブのオールインワンだ。太い銀のバングルがクールな雰囲気に合っている。横にさりげなく置かれたバッグは、恵奈はセリーヌ、遼子はプラダで、派手ではないがどちらも今シーズンのものだった。二人はすごく美人でも人目をひくほど可愛くもないけれど、自分に似合うものを知っていて、その質を年々きちんと上げていく。流行りのメイクで若作りをして、肩や脚を露出している自分が急に恥ずかしくなる。

「ドラマ」という単語に反応して、近くのマダム風の四人組の会話が一瞬止まる。視線を感じて姿勢を正す。スタイルの良さではここのフロアの誰にも負けない。「見たことあると思ったわぁ」「やっぱり女優さんは顔小さいわね」という囁き声に頬がほころぶ。小劇場での芝居や、再現映像、情報誌、バラエティ番組のパネル持ちくらいの、モデルと俳優の間のなんでも屋みたいな仕事しかしていないあたしを知っているはずはないけれど、視線を集めると優越感がゆるやかに満たされていく。

ドラマの話を続けようとする二人をメニューをひらいてさえぎる。チョイ役というのは本当だ。主人公の息子の塾の先生役で、台詞は「大丈夫?」の一言のみ。もちろん次週以降の出番はない。

炭酸水を頼もうとすると、「この時間、アフタヌーンティーの予約しかできないから頼んじゃったけど」と遼子が言った。「あ、ごめんね、連絡してなかったっけ?」と恵奈が慌てる。グループラインで見たような気がするけれど覚えていない。笑ってごまかしていると、シャンパングラスが三つ運ばれてきた。

「今日も麻美は来れないって」

恵奈が困ったような笑顔で言う。麻美はあたしたちの中で唯一の既婚者で子持ちだ。

「子どもがいるとなかなか時間空けにくいみたい」と遼子がかばうように言う。

それも一因だろうけど、専業主婦にコーヒー一杯千五百円もするラグジュアリーホテルでのアフタヌーンティーは厳しいのではないかと思う。ちらっとメニューに目を走らせる。アフタヌーンティーのセットは七千円もする。もちろんサービス料が上乗せされる。それに、シャンパンかと思うと眩暈(めまい)がする。あたしのドラマのギャラがあっという間に吹き飛んだ。

二人は弾んだ声で笑いながら細いグラスを傾けている。淡い金色の液体の中で泡がぱちぱちとはぜる。また、中学生のあたしたちがよぎる。今日の二人が薄化粧で妙に血色が良いせいだろうか。

「今日は会社は?」

シャンパンをひとくちふくむ。空っぽの胃がきゅうっと音をたてた。

「有休とっちゃった」と、恵奈が背もたれに体を預ける。

「午前中はここのスパ行ってたの。環は午前中は習い事かなって思って誘わなかったけど」

習い事ってどれのことを言っているんだろう。バレエも発声もヨガも演技のレッスンももう通っていない。また笑ってごまかす。愛想笑いだけは習わなくてもできる。

「恵奈のとこのボディソープあったね」

「あれ、評判いいの。広告費抑えて品質重視にして良かった」

「過剰なプロモーションをかけても、結局プラマイゼロになることあるもんね。パッケージもすごくシンプル」

「男性でも手に取りやすいようにしているの」

恵奈は化粧品会社に勤めていて、遼子はアパレル会社だ。どちらも女性なら誰でも名前を知っているような大手で、二人とも宣伝だか企画だかをしているので話が合う。

彼女たちの話をぼんやりと聞きながら、シャンパンをちびちびなめていると、フィンガーサンドイッチの皿が置かれた。サンドイッチといっても三角の食パンで挟んだものはひとつもなく、ロールされたり、カナッペみたいに具が盛りつけられたりしている。SNS用にすかさず写真を撮った。イクラ、海老、サーモン、フォアグラ、ローストビーフといった食材の艶やかな赤やピンクが画面に生々しく映る。高カロリーなものってどうして煽情的な色をしているんだろう。

「あーおいしそう」

「スパしたあとってさ、妙にお腹すくよね」

「ねー、寝っ転がっているだけなのに」

つやつやの肌で二人が笑う。サンドイッチをつまむ爪はきれいに整えられ、控えめな色のジェルネイルでコーティングされている。入社したての頃は慣れない仕事の愚痴と泣き言ばかりだった二人は、いまやキャリアウーマンの品格をただよわせ自分磨きに余念がない。店頭には立たないと聞いて地味な仕事だと思っていたが、使い捨てされる販売員より、経験と実績を積んでいく正社員の方が賢い選択だったことに、三十路になって気付かされた。

いままではあたしがみんなより先にいっていた。コンパで男の子たちの目を奪うのはあたしだったし、男性経験だってあたしが一番豊富でいつも相談役だった。大学生のときに初めてオーディションに受かり、当時人気のあったバンドのミュージックビデオに出演したときはみんな大騒ぎした。「ピーチガール」という曲名だった。高嶺の花に恋する男の子の、いまとなっては安易で軽薄な歌だが、あの頃のみんなはあたしにぴったりの曲だと言った。

あたしたちの間に三段の皿が置かれる。チョコレートやマカロン、ギモーブ、ケーキにスコーン。色とりどりの菓子の塔のそばにジャムやクリームの器が次々に並び、大きな丸いポットから紅茶が注がれる。恵奈と遼子が脂と糖の塊に歓声をあげた。

うっとりした視線も昂奮でうわずった声も、昔はあたしに向けられていたのに。

目の前の小ぶりなタルトを見つめる。マンゴーやパイナップルといったトロピカルフルーツが載っている。パッションフルーツのソースがかかったココナッツムースもある。月替わりのアフタヌーンティーだったことをうっすら思いだす。季節感のあるものを楽しめるのは余裕のある人間だけだ。

危機感なくていいよね、と皮肉っぽく思い、すぐに危機感がないのはあたしだと愕然とする。彼女たちは有給休暇と言った。いまこうしてはしゃいでいる間も賃金が発生している。明日も、明後日も、一年後も、会社が潰れない限り仕事はある。

あたしには有給休暇なんてない。仕事が入らない日はマイナスになるだけ。ただでさえ、ここ一、二年、事務所はほとんど仕事をくれない。この時間だってだらだらと脂肪を蓄えるだけで、なにも次には繋がらない。ジムに行ったり、ダメ元でもオーディションに挑んだりしてる方がずいぶんましだ。

最近、彼女たちと会うと息苦しい。堅実な人生の見本を前に喉が詰まったようになる。あたしが食欲を失くしている間に話題は恋愛に移った。不倫沼で溺れかかっていた恵奈に新しい出会いがあったようだ。弁護士らしい。そのせいで今日は生き生きしているのか。六つ下の俳優とたまに会っていると見栄を張ってしまう。本当は俳優志望だ。「いいなー年下」と声をそろえられるが、知名度のない俳優なんかにもう二人が興味を持っていないのは明らかだった。

満腹のけだるさで会話が間延びしてくると、二人は示し合わせたように洗面所に立った。同じくらいの背丈、よく似た体型が連れだっていく。

ミルクピッチャーに手が伸びる。もう一方の手で銀の砂糖壺の蓋をあけて、ミルクピッチャーを傾ける。黄みがかった白い液体が砂糖壺の中に流れ落ちる。濃い牛乳がひと呼吸おいてから砂糖にゆっくりと沈みこんでいくのを眺めると、自然に頬がゆるんだ。細いティースプーンを突っ込んでぐるぐるかきまわす。

二人の笑い声が聞こえて、なに食わぬ顔で紅茶を飲み干す。戻ってきた二人を見て「そろそろ行こうか」と、ミルクピッチャーの下の白い液溜まりを横目に立ちあがる。

こんなことしてもなんにもならない。わかっているけれど、胸がすく。

恵奈と遼子と別れ、西日を背負ってオフィス街を目指す。震えるほど冷房のきいたエレベーターに乗り、ビルの中にある曇りガラスで仕切られた審美歯科に向かう。

青白い空間の受付に、週に三回ほど立つ。SNSにも書かないし、友人にも家族にも内緒だ。芸能関係の客は来ないけれど、外資系企業の役員やCEOが仕事の合間にやってくる小ぎれいな歯科は、すべて個室で、患者は一本十万以上する金合金やセラミックの歯を注文する。完全予約制なので忙しくもない上に、スマホをいじっていても叱られないので、あたしはSNSをせっせと更新する。

若先生と呼ばれている、まったく若くない院長に銀座で声をかけられたのが働くきっかけだった。実家は高級住宅街にある古い歯科医院らしいが、よく知らない。衛生士も他の受付もあまりあたしと話そうとしない。嫉妬されるのは面倒だけど悪くはない。患者が途切れると、院長は用もないのに受付にやってくる。毛穴の目立つ鼻を見なくて済むので、マスクをしているときの彼が一番好きだ。

「環ちゃんが受付にいるとやっぱり華やぐね」

口の端だけで笑顔を作る。明日の夜、寿司を食べにいく約束をしているのになんの用だろう。食事のあとのセックスを我慢すれば臨時収入があるので、明日は給料日のようなものだ。

「これ、患者さんからいただいたんだけど良かったら」と院長が千疋屋の紙袋をひらく。まるい、豊かにふくらんだ白桃が見えた。透明のセロファンごしでも甘い香りがただよってくる。さっき遼子たちと食べた菓子よりずっとずっと甘いにおい。脳まで桃色に染まりそうな。赤と薄ピンクが入り混じった産毛を見つめる。

「桃、嫌いだったかな？」

院長が不安げな声をだす。いい人なんだけど、こちらの反応を窺い過ぎるところがある。

「好きです」と微笑む。剝くのは面倒臭いけど。

「だよね。桃が嫌いな女の子っていないよね」と院長が決めつける。

「桃って豚バラみたいだなって思って」

「え？」

「なんか色の配合が」

果物なのに肉めいている。そんなことを思ったのは、桃があんまりに大きくて凶暴な感じがしたせいかもしれない。

「甘い肉か、なんかエロいね」

あっけらかんと院長が笑った。あれ、と思う間もなく、「ごめん、明日ちょっと用事入っちゃって」と桃の紙袋を渡された。ずしりと重い。

「また連絡するから」と戻っていく院長と入れ違いに、診察室から助手の眼鏡女がやってくる。麻酔の説明書を補充しながら、ちらりと桃の紙袋に目をやると「新しい女の子が入るみたいですよ」と囁いた。マスクの下で嘲笑っているのがわかった。

約束を反故にされたことも、桃くらいで埋め合わせをされたことも不快だったが、なにより、まるであたしが会いたがっているように扱われたことに、腹がたって仕方なかった。

元彼で放送作家の斉木にラインをすると、テレビ関係者と飲んでいるからおいで、と誘われる。喜んで化粧直しをしていたら「他の女の子も連れてきてね」と念押しされた。無数の連絡先から年齢の近いタレントやモデルを探して片っ端からメッセージを送る。仕事にあぶれたあたしみたいな女は、ちょっとでもチャンスがあると思うと何時でもどこへでも飛んでいく。

次々に返ってくるメッセージをひらいていると、麻美からラインがきた。「今日は行けなくてごめんね」と絵文字つきで書かれている。夜の九時過ぎ、子どもを寝かしつけて夫が帰ってくるのを待つひとときの自由時間なのだろう。

――あたしも仕事あったし早めに解散したよ。

そう打つと、「もしかしていまも撮影とか？」とすぐ返ってきた。

――もう終わった。でも、いまから西麻布、ドラマの打ちあげ。

――すごい、業界人ぽいね。

ママ友の間で使うのかディズニーのキャラクターのスタンプがつく。大学時代の麻美は民族音楽やマニアックな映画が好きで、大衆的なアニメになんか見向きもしなかったのに。

ふと、昔のことを思いだし、あの温室おぼえている？と打つ。

――中学生のときに見つけたやつね。

――そうそう、あたしたちが見つけたよね。遼子と恵奈は臆病だったから。

なつかしいね、と文字が浮かぶ。

――そういえば、二人目ができたんだ。

唐突に話題が変わり、子どもの写真が連続して送られてくる。友達とはいえ他人の子どもに興味が持てない。どんな写真を送られても、大きくなったね、くらいの感想しかでてこない。麻美にとって子どもが一番でも、あたしにとっては違う。

——みえもお姉ちゃんになるんだよって言ったら喜んでいてね。手伝ってくれるかな。

そんなこと知るわけがない。だいたい、麻美の子どもの名前さえ覚えていなかった。

また子どもの写真が送られてくる。鬱陶しくなってスタンプで返す。まともさを主張されているようで落ち着かない。

斉木から催促のラインがきて、慌てて化粧道具をしまう。斉木はたいして売れていないくせに自尊心の高い見栄っ張りだ。いまもコンパニオン代わりに呼ばれていることもわかっている。

業界人か、とつぶやいてみる。もう業界人という胡散臭い言葉に酔う歳じゃない。きっと麻美たちが正しい。でも、あたしはしがみつくしかない。

がらんとしたビルを出て、なまぬるい夜気の中、タクシーを探す。ここの歯科で働くことが決まったとき、「一応ね」と渡された履歴書の、職歴の欄を埋めるものがあたしにはなにもなかった。

だから、呼ばれたら精一杯のお洒落をして行って、頭を空っぽにして笑って、空気を読んで、おだてて、盛りあげて、ときには酔ったふりをして、そうして、あたしは大きなチャンスがやってくるのを待っている。

桃の入った紙袋が脚に触れるたび、ストッキングが破れないか気になった。

耳障りな音が振動となって頭の芯を揺らし、眠りがばりばりと裂かれていく。部屋に誰かがいるのはわかるけれど、たてる音のひとつひとつが膨張して、なにをしているのかわからない。仕方なく目をひらくと、見慣れた壁紙と裸の背中が見えた。

こめかみに貫かれるような痛みが走り、思わず声をもらしてしまう。上半身裸の友哉がふり返る。一瞬、斉木かと思った。名を呼ばなくて良かった。そっと吐いた息が我ながら酒臭い。

「あ、起こした？　ごめん、シャワー借りた」

友哉は悪びれず言い、慣れたしぐさでエアコンのリモコンを手に取る。

ひんやりした人工的な風が寝汗を冷やしていく。友哉が冷蔵庫の前にしゃがむ。よく見ると、斉木とは似ても似つかない。十歳も違うのだから当たり前だ。水滴をはじく、ほどよく筋肉がついたなめらかな背中。だらしなく腰を落とした無防備な姿勢をとっても腹の肉がたるまない。男の体でも年齢による劣化は顕著にあらわれるものだと、苦いような甘いような気持ちで友哉を眺め、パンツにタンクトップ一枚という自分の姿に我に返り、慌てて毛布をかきよせる。

「なにこれ、うわ、すげえ立派な桃じゃん」

あたしが冷蔵庫に突っ込んだ紙袋を友哉がひっぱりだす。がさがさいう音が脳に響く。

上半身を起こそうとすると吐き気が込みあげ、またベッドに倒れ込む。友哉が横目でこちらを見た。

「桃は食べる一時間前くらいに冷蔵庫に入れるんだよ」

透明なセロファンをはがして、冷蔵庫に載せた電子レンジの上に置いていく。やわらかそうな桃をむんずと摑む節ばった大きな手にうっすらと欲情する。

「どうして？」

「冷やし過ぎると甘くなくなるから」

「ねえ」と腕を伸ばす。「なんでそんなこと知ってるの」

「だって俺、農家の息子だもん」

はい、と炭酸水のペットボトルを渡してきた。背が高く、四肢が長い友哉がこの部屋にいると狭いワンルームがますます窮屈に見える。友哉はベッドには座らず、あたしを見下ろしながら自分のペットボトルに口をつけた。

「信州の方なんだ。新幹線も通ってないから特急あずさで四時間くらいかけて帰るんだよね。環さんの実家は？」

「あー都内」

急に白けた気分になって曖昧に笑う。ぺたんこになった髪を指でかき混ぜながら起きあがる。両親は健在だし、まだ父親も働いていて、昔から家は裕福な方だった。けれど、専業主婦の母親も前時代的な父親も、あたしの仕事は結婚までの腰掛けとしか思っていない。もうずいぶんと連絡を取っていないし、思いだしたくもない。

起きあがり、ペットボトルのキャップをひねる。ダイエットのために箱買いした炭酸水はかたく、飲みにくい。喉が渇いているというのに、液体は口の中でつぎつぎに泡になる。

「昨日も飲んでたの？」

スマホの画面をひらくと友哉が言った。「仕事の話があるからって呼ばれたから」と答えながらSNSのコメントを確認する。誰から呼ばれたのかは言わない。コメントに簡単な返事を書き、あらかじめ撮っておいたすっぴんぽい薄化粧の写真を載せて、「おはようーいい朝。スパークリングウォーター飲んでストレッチ中」と書き込む。

「なんの仕事？」

「んー、断ったし」

「え、なんで」

友哉がやっとベッドの足元に座る。

「だって、なんか深夜のバラエティ番組でさ。それはいいんだけど、業界の暴露話のコーナーなんだよ。敵とか作りたくないし、モザイク入れたら顔売れないし、意味ない」

正直、そんな仕事を紹介してくる斉木にはがっかりした。なのに、あたしが返事を濁すと斉木は店の外にあたしを連れだして低い声で言った。

お前な、年齢を考えろよ。もう普通のことしていたって駄目なんだからな。

恋人だった期間は短いが、そこそこ長い付き合いだった。彼の書いた台本を前に、一晩中語り合ったこともある。お互いかけだしの頃は同志のように思っていた。けれど、斉木はだんだん企画の持ち込みをしなくなり、あたしも演技のレッスンに行かなくなった。それを互いに見ないふりするのに疲れた頃、斉木は若い女優志望に乗り換えてあたしの部屋を出ていった。年下の友哉が、ときどきこうして終電を逃したり深夜バイト明けに都合よくやってくるのを受け入れているのは、斉木へのあてつけもある。

「そんな馬鹿みたいな仕事、断って正解だよ」

案の定、友哉は憤りながら同意してくれた。

「実力で有名にならなきゃ意味ないもんな」

あたしの言った「意味ない」とは微妙に違う気もするが、「だよねー」と笑っておく。

SNSの日付を見て気付く。「そういえば」とつぶやいていた。

「あたし、もうすぐ十周年なんだよね」

「芸歴？」

「芸歴ってたいそうなものじゃないけど、この仕事ではじめてお金もらってからもうすぐ十年なんだ」

へえ、と友哉は大げさな声をあげ、けれどいつなのかは訊かずに「ああ、それで女子会？」と炭酸水を飲み干した。

「女子会？」

「インスタ、見たよ。中学時代からの友達との高級ホテルでのアフタヌーンティー。お祝いだったの？」

友哉が空いたペットボトルでマットレスをぽんぽん叩く。端整な顔をしているのに、落ち着きがないせいで軽薄に見えるのが残念だ。

「うん、まあ、そんな感じ」

「優雅だねえ」

馬鹿にしたように言われ、電流のように苛立ちが走る。

「俺なんか稽古とバイトばっかだよ」

劇団とかやってるやつはこれだから嫌だ。貧乏で頑張っていることを誇る人間には心底うんざりする。業界仲間は友哉のことを「青田買い？」なんてからかうけれど、そんなんじゃない。この子に将来とか中身を求めてはいない。

「十周年、なんかすれば？」と、友哉があたしを見る。つい皮肉っぽく笑ってしまう。

「たいして有名でもないのに、恥ずかしくない？」

一瞬、友哉は真顔になって、それから立ちあがって大きなあくびをした。

「なんかさあ、環さんってプライド高いのか低いのかわからないとこあるよね」

ねじれた笑いの中に失望と軽蔑があった。けれど、もう苛立ちもしなかった。あんたもそのうちわかる。この絡みつくような諦観が。なにをしたって、誰を味方につけたって、どんなに容姿が優れていたって、這いあがれない人間はいるということにいつか気付く。現実はどろどろと期待や夢を溶かしていく。あんたは今は青く見えても、実りのない苗だ。十年間もいろんな人間を見ていればそんなことわかるようになる。あんたがそのことに気付くのにあと何年かかるかな。その頃にはもう手遅れになっているだろうけど。

「ねえ、なんか食べにいく?」と、わざと優しい声をだす。

「え、おごってくれんの? じゃあ、俺、肉食いたい。焼肉とビール」

友哉が甘えた声で言う。「こんな昼間にねえ」と少し考えるふりをする。バッグの中には昨夜もらった車代があるはずだ。

「まあ、いっか。でも、シャワー浴びてからね」

本当はまったく食べたくないけれど、根負けしたようにあたしは言う。はしゃぐ友哉の頭を撫でる。

友哉の傲慢と浅慮をあたしはいつも肚(はら)で笑いながら、甘やかし、ぐずぐずと堕落させていく。

日が暮れて電話が鳴ると、あたしは身支度をする。シミや肌荒れを化粧で塗り込めて、脂浮きをラメのパウダーで抑えて、傷むのを承知で髪をヘアアイロンで巻きあげる。コートを預けるときに値踏みされないから夏は気が楽だけど、肌を露出しているとエアコンで冷えて血行が悪くなり脚がむくむ。

それでも、帰っていいと言われるまで、姿勢を正して笑い続ける。今夜もビルの最上階のラウンジで、自分と似たような女たちと一緒に笑顔を作り、歓声をあげる。知人の顔を見つけると走り寄り、馴れ馴れしく挨拶をして、その場に初対面の人がいれば連絡先を交換する。アドレスばかりが増えていく。

既視感のある夜。繰り返される内容のない会話。どこかで聴いたような音楽に意識が呑み込まれても、まわりに合わせて笑えばなんとかなる。

皿の上で乾いていくチーズや揚げ物や葉野菜。お洒落に盛りつけていても、学生時代に遼子たちとはしゃいでいたカラオケ店の食べ物と内容的には大差ない。女の子たちは口紅が落ちるのが嫌でほとんど手をつけない。空っぽの胃がアルコールでどんどん荒れていく。

ちょっと名のある映画監督や芸人、ワイドショーにでている学者やコメンテーターがやってくると若い女の子たちが群がる。彼女たちは読者モデルやグラビアアイドルといったそれぞれのジャンルでかたまっていて、女性誌モデルでもギャル系やコンサバ系、個性派系などで分かれている。

ウッドテラス脇の一角だけ人が動かない。ソファに座ったままの人々がいて、周りをスーツ姿の男性が囲んでいる。著名人が入れ替わり立ち替わり挨拶に行くが、少し話すとそれぞれの場所へ戻っていく。あたしたちみたいな女性陣が近付けない空気があった。

「MORIがきているらしいですよ」

男性ファッション誌の編集者だと名乗った男性があたしに耳打ちした。逆隣にいた大食いタレントの女の子が「うっそー、あたし高校生のとき、めっちゃファンでした！」と声をあげる。

「え、高校生って去年までそうだったんじゃないの、プロフィール上は」と誰かが意地悪そうな声でからかう。面白くもないのに笑い声がおこる。

彼らの馬鹿笑いが遠くなっていく。確かに有名な音楽プロデューサーの姿がちらっと見えた。ファンでもないあたしでもMORIの曲はいくつか知っている。街中でしょっちゅう耳にするし、彼女は紅白にだってでている。第一線を走り続ける女性ミュージシャン。けれど、こういう場で彼女を見たことはなかった。唯一無二の才能を持ち、芸能界にいながら雲の上の存在。こんなところで交友を増やす必要もない人間。だから、あしてお偉いさんで囲っているのだ。

初めてカメラの前に立ったとき、遼子や恵奈みたいな普通の女の子たちの塊から、あたしは抜けだせたのだと思った。

でも、たとえひとつの塊から抜けだせたとしても、違う塊に捕らえられるだけだ。そこから抜けだすには一人だけ目が眩むほど強烈なスポットを浴びるか、落ちるしかない。あたしにくっついていた女優志望の女の子がいつの間にかいなくなっていた。隣にいた編集者か、どこかのテレビ関係者か、はたまた名刺交換をしていた誰かとでも消えたのだろう。離れてしまうと、もう彼女の顔も声も思いだせなかった。本名かわからない名前だって覚えていない。自分が電話をかけて、このパーティーに誘ったというのに。

斜め向かいで、ネットでちょくちょく顔写真を見る女性コラムニストがくだを巻いていた。確か、あたしと同じ歳のはずだ。目がどろんとして、パンプスも片方脱げてしまい、相当酔っているようだった。けれど、彼女の横にはずっと仕事相手らしき男性がついていた。むきだしになった足の爪には夏らしいターコイズ色のペディキュアが見えた。自分の爪先を見下ろすと、ペディキュアは半分ほど剝げていた。恥ずかしくなり、思わず立ちあがる。女性コラムニストも連れの男性もあたしに気付かない。

女性コラムニストを見下ろす。お世辞にも美人とはいえなかった。

それでも、たいした才能でなくともなにか表現できる人が羨ましくなった。持っていると思っていたものが劣化していくよりはずっといい。

ラウンジフロアのトイレがいっぱいだったので、非常階段から下の階へ降りた。

分厚い防火扉を閉めると、喧騒(けんそう)と音楽がぷつりと消え、あたしは深いため息をついた。研究所のような白い廊下を進むと、急に目の前が鮮やかな黄緑に染まった。

薄暗がりに慣れた目に、白い光がちかちかする。目をとじて眉間を揉み、そっと目をあける。ガラス張りの白い棚が見えた。天井まで等間隔に並んだ棚にはみずみずしい苗があった。まだ種のものや、発芽したてのやわらかそうな双葉の棚もある。そのどれもに白い人工的な光が降りそそいでいた。

土も風もない真っ白な空間で育てられている植物は、まじりけのない黄緑色をして、かすかに光に透けているように見えた。作りものの美しさ。

「上のサラダ、ここのなんだって」

ふいにした声に飛びあがりそうになる。通路の奥に小さな人影があった。細身のジーンズにオーバーサイズのTシャツを着て、夏だというのにパーカーをはおりフードをかぶった女の子が近付いてくる。スニーカーがサニーレタスの棚の前で止まった。

息を呑む。金髪に近い、色の抜けた茶髪。小さな顔。薄い眉毛に、アーモンド形の目。血が通ってないのかと思うくらい肌が白い。ポスターで見たことがある顔があたしを見あげる。MORIだった。

「食品サンプルみたいに完璧だよね」

ＭＯＲＩが植物たちの方を向く。まぶしい緑に輝くガラスに無機質な横顔が映る。ミュージックビデオみたいだった。はっとまたあたしを見て、澄んだ声をあげる。

「あれ、違った？　食品模型だっけ、ほら、あの喫茶店とかデパートのショーケースで埃かぶっているやつ」

「……食品サンプルでいいと思います」

やっとのことで答えると、ＭＯＲＩは軽く頷いた。もう興味を失ったみたいだった。顔もしぐさも妙に幼い。高校のときに友人から借りたライブビデオで見た姿と変わらない。十年以上も前なのに。ということは、もう四十過ぎのはずだ。あたしよりひと回りは年上だ。かすかに鳥肌がたった。黄緑の植物たちを背景にすると、彼女はまるで十代の少女のようだった。

「上、空気悪いよね。暗くて、うるさくて、眠くなる」

ＭＯＲＩが小さなあくびをした。目尻ににじむ涙に、本当に生身で存在しているんだ、と馬鹿みたいに胸が震えた。

「あの……ＭＯＲＩさん、ですよね。あたし……」

「わたし、あなたのこと知ってるよ」

思いがけない言葉でさえぎられて「え」と大きな声をだしてしまう。

「昨夜、すっぴんの自撮りでおやすみなさいツイートしていたでしょう」

「あ、はい」

「先週は表参道で友人とランチ、そのあとヨガ」

心臓が脈打つ。MORIがあたしのSNSを見ているなんて。

「今朝は手作りスムージー」

違う。あたしはスムージーなんて作らない。誰かと間違えている。落胆で胸がしぼむ。

でも、MORIと知り合うチャンスだ。こんなこと二度とない。あたしは「はい、そうです」とうわずった声で答えた。頬がじんじんと熱い。

「良かったら、ラインとか交換しませんか。お、お友達になりましょうよ。インスタもフォローしてくださったら嬉しいです」

MORIはパーカーの中で目を細めた。

「芸能人のお友達との写真、毎晩のように載せてるもんね」

「は、はい！ 他の子も紹介します。女優でも、アイドルでも、いろんな子がいますよ」

「いろんな子」と、MORIがつぶやいた。

「あなたたちは見てるだけでいいかな」

「え」

「わたしね、あなたみたいな人のSNSを見るのが大好きなんだよね」

「え、なんでですか？」

呆気に取られて訊き返すことしかできない。ＭＯＲＩはちょっと黙った。薄く微笑むと、「トウニャンって知ってる？」とまったく別のことを言った。

「トーニャ？」

「トウニャン」

彼女は辛抱強くゆっくりと繰り返した。

「桃の娘と書いて、桃娘。桃だけを食べて育てられた女の子のこと。その肌は桃の香りがして、尿は甘く不老不死の薬になるんだって。もちろん、その体もね。女の子の肉はきっとすごく甘いんでしょうね」

ＭＯＲＩは歌うように話した。細く、透明で、人の心に直接触れるような声で彼女は続けた。

「桃娘が実際にいるかいないかはわからない。伝説みたいなもの。でも、語り継がれるのにはきっと理由がある。人はね、特別な人を見たいのよ」

彼女があたしを見た。白い光がその頬を照らしている。

「その話を聞いたとき、わたしは桃娘にならなくては、と思ったの。求められるのが、わたし。最後は骨まで貪られるとしても、求められなきゃわたしじゃない」

すっと白い手を伸ばして、あたしのスマホに触れる。子どもみたいに小さな手だった。

「だから、あなたたちのつぶやきを見るのよ。あなたたちは求めるばかりで、求められることを考えていないから。あなたたちと同じことをしないために」

あたしのスマホを取ると、ぐいっとあたしの肩に手をまわした。素早い動きだった。甘い香りが鼻をかすめて、シャッター音が鳴った。

ＭＯＲＩはすぐにあたしから離れると、スマホを返してきた。

「この写真、好きにするといい。アップするか、消去するか、そこであなたのプライドと覚悟の在処がわかる。楽しみにしているね」

そう言うと、ＭＯＲＩはくるりと背を向けて去っていった。スニーカーのたてるきゅっきゅっという音が遠ざかると、あたしはスマホの画面を見た。

怯えた顔のあたしと完璧な笑顔のＭＯＲＩが映っていた。

合成にしか見えない。

さっきまで話していたあたしですらそう思う写真だった。

誰にも声をかけずにパーティー会場を出て、終電でアパートに帰った。

部屋のドアを閉めた瞬間、膝から力が抜け、玄関に座り込む。

暗闇でしばらくじっとする。カーテンの隙間から、街の電飾や車のライトが瞬いているのが見えた。

どれだけそうしていただろう、ふいに甘いにおいがただよってきた。顔をあげる。甘いにおいは上の方から降ってきていた。

立ちあがり、電気を点ける。電子レンジの上の桃が赤く熟れていた。無視できないくらいに濃厚な香りを放ち、甘い体液で誘っている。なにもせず、じっとひとところにいるだけなのに。

喉が詰まったようになり、熱いものが込みあげてきた。あたしは桃を掴むと台所に立ったままかぶりついた。産毛がちくちくと舌と口内を撫で、歯をたてたところから、ぬるい液体があふれだしてきた。喉を焼くように甘い。

たちのぼる香りにむせると、涙がこぼれた。

あたしには選べない。

あの画像を見せびらかすことも、捨てることもできない。人を利用したって先は見えている。だからといって、自力でがむしゃらにがんばる気力もない。ＭＯＲＩの言う通りだ。あたしには覚悟がない、それに見合うプライドもない。

あたしは中途半端だった。中途半端なプライドにすがりついて無駄な時間を過ごしてしまった。

泣きながら狭い台所で桃を食べた。桃は大きくて、なかなかなくならなかった。皮を吐きだし、喉や手を流れ落ちる汁をすすり、無心で果肉を齧り取った。なにかに夢中になる感覚に、あたしは久しぶりに溺れた。

酸っぱい種を流しに放り、ずるずると床に座り込んで放心していると、スマホが鳴った。画面を見ると、十二時を過ぎたところだった。甘い汁でべたべたに濡れた指で、メールをひらく。母親からだった。

――十周年、おめでとう。よくがんばったね。

なんだよ、と顔がゆがむ。誰もあたしなんて見ていないと思っていたのに。

でもね、がんばっているよ。これでも、あたしなりにがんばってきた。誰かの特別になるために。

ひっこんだはずの涙がまた込みあげて、短い文面がゆっくりとにじんでいった。

描かれた若さ

生い茂る雑草を掻き分けて木下闇（このしたやみ）に逃げ込むと、ひやりとした静けさに包まれた。

額に滲んだ汗を手の甲でぬぐう。シャツが背中にべったりと張りついて気持ちが悪い。脇には汗染みができていることだろう。

さざ波のような忍び笑いが聞こえたような気がして、はっと周りを見渡す。野放図に伸びた植物が絡まり合い、視界を覆っている。繁茂する枝葉の隙間に、眩（まばゆ）い空と入道雲がかすかに覗く。忌々しいボロ校舎は見えない。

俺を笑う目はここにはいない。

薄暗がりで安堵の息を吐く。木陰で青く染まったシャツの袖をめくりあげ、地面にしゃがむ。スラックスが突っ張り、股下と尻が圧迫される。少し太ったのかもしれない。そういえば、体が重い。いや、きっと暑さのせいだ。窮屈に感じる下半身もむくんでいるだけだ。

下草が脛（すね）をちくちくと刺す。陰になっているとはいえ、じっとしていると蒸し暑い。植物と土の匂いがもわりと充満し、蟬の声もだんだんと大きくなっていく。

ふと腕を見ると、蝿ほどもありそうな大きな蚊が止まっていた。口から伸びた管が皮膚に刺さっている。糸のように細いくせに妙に黒々として厭らしい。反射的に叩き潰す。ぴっと血が飛んだ。

自分の血液の赤さにぎょっとする。黒い蚊が俺の血と汗にまみれて平べったくなっていた。ハンカチもティッシュも教室だ。手でこすると、血は赤いかすれた線になり、蚊はばらばらになって汗で湿った腕毛に絡まった。おぞましさに全身の肌が粟立つ。

——血を吸うのは雌の蚊だけらしいよ。

いつぞやの飲み会で聞いた信憑性の薄い豆知識を思いだす。企画部の三十過ぎの未婚ババアだった。歳を食った女は小賢しい。どうでもいい情報をほざく暇があったら、さっさと帰って肌の手入れでもしていたらいい。

掌に鼻を近付けてみる。鉄錆臭い。傍らの幹になすりつける。ささくれた木肌が親指の付け根に刺さり、慌てて手を引っ込めた拍子にバランスを崩して尻餅をつく。尻の下で布の裂ける音がした。そろそろと指で探ると、尾てい骨の辺りにしっかりと破れ目ができていた。

女子高生たちの笑い声が頭の中でこだまする。

「くそっ」

舌打ちをして、座ったまま幹を蹴りつける。頭上の枝が揺れ、ぱらぱらと葉や青い木の実が落ちてくる。もう一度蹴ろうと曲げた脚が止まる。声がした。

　息を潜めていると、また聞こえた。

「清水さまー、清水さまあー」

　秘書らしき女の声だった。俺の名をしつこく呼んでいる。

　もう嫌だ。もう、うんざりだ。あいつらの前にこんな姿で出られるか。晒し者だ。蚊に刺された腕を掻きむしりながら、茂みの奥深くへと後ずさる。

　地面のあちこちに白いものが散っていた。朽ちた花だった。子供の掌のように大きい。シャツの裾に引っかかった茶ばんだ花びらを払い落とす。どんなに珍しい大輪の花でも枯れてしまえばただのゴミだ。あいつらだって同じだ。せいぜい今のうちに笑ってろ。

「清水さま、お時間ですよー」

　声は暑さをものともせず繰り返し響く。俺は汗だくでうずくまる。腐った花の甘ったるい匂いが漂っている。あいつらの安っぽい香水や整髪料の匂いを彷彿とさせ、脂汗が滲む。頭が朦朧としてくる。ああ、くそ、なんで俺がこんな日に。

「清水さまー」

　声が近付いてくる。名を呼ばれる度に糾弾されているような気がした。

婚約指輪の代わりに肖像画が欲しいの。

そう紗耶香が言ったのは、食事を終えて入ったバーラウンジでだった。せっかく夜景の見えるシートに座れたのに、彼女はほとんど中身の減っていないカクテルグラスの脚を指先でずっといじっていた。

　まじまじと見つめた顔は知らない女のようだった。そこには奇妙な高揚があった。頬をかすかに上気させ、瞳は潤んでいる。なんとなく煽情的ですらあり、そんな表情ができる女なのだと軽蔑めいた嫉妬を覚えた。

「肖像画？」と耳慣れない言葉を聞き返すと、紗耶香はやはり熱っぽく頷いた。

「うん、絵」

　それくらい知っている。

「戸棚にしまっておく石のついた指輪より、ずっと有意義だと思うの」

「しまっておくのか」

「ふだんは結婚指輪をつけるから。清水さんとお揃いの」

　二種類の指輪が必要なことを初めて知った。悟られないように、「それもそうだな」と思案するふりをすると、紗耶香は「でしょう」とますます目を輝かせた。

「肖像画ってなかなかないと思うから、いい記念にならない？　昔の貴族みたいだし」

　貴族か、馬鹿馬鹿しい。フリルのついたドレスでも着るつもりか。思わず鼻で笑うと、紗耶香が「今の姿を残しておきたいの」と呟いた。

「だって、気持ちは変わらなくても、外見は変わってしまうでしょう。一緒になろうと決めたときの姿を残しておくって素敵じゃない？」

自分の提案に酔っている口ぶりだった。

それなら、写真でいいのではないか。紗耶香は首を振った。

「知り合いに写真よりずっとリアルな絵を描く人がいるの。すごく有名な人なのよ。図鑑の植物や昆虫って絵で描かれていることが多いでしょう。それは人間の目の方が、カメラのレンズより本物に近い像を映せるからみたい。カメラだと全体的に細かすぎるんだって。ほら、人間の目って……」

わかった、わかったと遮った。女の理屈を聞くのは苦手だ。

デジタルカメラしか触ったことのない若い世代では、現像するまでどう映っているかわからない使い捨てのインスタントカメラが流行っていると聞いたことがある。二十代前半の紗耶香はアナログなものに憧れがあるのかもしれない。一回り以上も歳の違う女の考えていることはいまいちわからないが機嫌を損ねられても困る。

「まあ、面白いんじゃないか」

肯定を示すと、紗耶香は「ありがとう！」と人目もはばからず抱きついてきた。柔らかい髪が首筋にくすぐったくまとわりつく。素直で、簡単なものだと思う。若い女は可愛げがある。

抱き締めようとすると、すっと身をひかれた。「今日はそろそろ帰らなきゃ」とソファから立ちあがる。

肖像画か、指輪でも買いにいけば気が変わるかもしれない。そんなことを思いながら駅の改札まで彼女を送った。

地図が添付されたメッセージが届いたのは、肖像画の話をした三日後だった。ぬるい社内から抜けだし、コーヒーチェーン店に入った瞬間に携帯電話が鳴った。

思いのほか早く予約が取れたので、週末とお盆休みを使って画家の元へ通って欲しいと、紗耶香にしては珍しく長文で書かれている。いつも鬱陶しいほどついている絵文字も少ない。案外、真剣なようだった。

アイスコーヒーにシロップを入れている間もメッセージが続く。

式場や新居探し、新婚旅行の手配などは自分がやっておくから、と書かれている。てっきり二人で一緒に描いてもらうと思っていたので驚く。結婚にかかる費用も気になった。金額のことをあれこれ言うのは格好悪いが、勝手に決められるのも困る。そう打とうとすると、ちゃんと経過報告するからね、とハートの絵文字つきのメッセージが画面に現れた。

文字を打ち込むスピードがまるで違う。画面はあっと言う間に紗耶香のふきだしで埋まってしまった。彼女の中で結婚までの青写真は完全に描けているようだ。まあ、もう二十四だものな、短大卒は焦る頃だろう。

向かいのビルから受付の制服を着た女が二人やってくる。後ろの子は入ったばかりなのかしきりに先輩の言葉に頷いている。大学生みたいに見える。肌も髪も艶があり、まだ洗練されていない化粧が初々しい。

目が合い、もう少し探してみてもいいのかもしれないと思う。けれど、紗耶香は今まで付き合った中で一番若くてスタイルがいい。子供は身長が高い方がいいだろう。手放すには惜しい。

それに、秋には結婚すると、もう上司に報告してしまった。報告を兼ねて飲みに行った時、部長は赤らんだ顔で俺の昇進をほのめかしてくれた。

携帯電話が小さく鳴る。見ると、大丈夫？ と不安げな猫の３Ｄイラストが届いていた。毛並みまで妙にリアルで薄気味悪い。受付嬢から目を逸らし、返信を送る。

まあ、大丈夫だと思うけど、紗耶香は描いてもらわないの？

そう打つと、素早く文字が浮かんだ。

――わたしが欲しいのは清水さんの絵だもん。

すぐに返事が浮かばなかった。描かれるのはいい。けれど、描きあがった絵を彼女はどうするつもりなのだろう。夫婦の寝室に飾られるのも、保管されるのも、なんだか落ち着かない。自分の皮膚から何かを剝がし取られるような不安な気分になった。

休み時間が終わっちゃう、と画面の文字が告げて、携帯電話が静かになる。

今この画面の向こうにいたのは本当に紗耶香だったのだろうか。変な疑問がわいた。シロップを入れたはずのアイスコーヒーが妙に苦く感じられた。

画家の名は津野春といった。ネットで調べても名前しかわからない。それもペンネームらしく、性別も年齢も非公開。現代では珍しく、肖像画で生計をたてているようだった。ホームページすらなく、依頼は完全に紹介制。美術に関心がなく人脈も取りたてて広くはない平凡なOLの紗耶香が、どこで画家なんかと知り合ったのか不思議に思いながら電車に揺られた。

ビルや商業施設はとうの昔に見えなくなり、工場や民家の合間にちらちらと海が覗きはじめていた。太陽を反射してぎらぎらと光っている。

舞だったらな、と昔の女を思いだす。大学三年の時に付き合い、ずいぶん長く同棲していた女だった。大きな画廊に就職した舞は得意の語学を生かして、しょっちゅう海外に出張してはアーティストの作品を買いつけていた。絵画もオブジェも、正直、どれもガラクタに見えた。説明書きを読んでもちんぷんかんぷんで、舞が作品を褒める度、馬鹿にされたような気がした。大学の頃は共通の話題もあったが、社会にでてみると営業マンとアートディーラーとでは価値観にどんどん差ができていった。惰性で続いてはいたが、別れは必然だった。

肖像画が欲しいという紗耶香の願いは舞を連想させた。どことなく落ち着かなかった理由がわかり、幾分か気が楽になった。

電車を降りると、駅前からソーラーバスに乗った。自動運転のバスは滑るように曲がりくねった道を進む。休日だというのに乗客は老人ばかりで、道路脇には空き家が目についた。指定されたバス停で降りたのは俺だけだった。そこから、なだらかな坂道を歩く。晴れた空で大きな鳥が数羽旋回していた。

アスファルトの照り返しがきつい。すぐに汗が吹きだした。辺鄙(へんぴ)な所に住みやがって。苛立ちがふつふつと込みあげる。

ようやく門が見えてくる。視界がひらけ、あちこち雑草の生えた校庭が広がる。その向こうに、木造三階建ての横長の校舎がある。正面の大時計は八時十五分で止まり、白と青のペンキは遠目にも剝げていることがわかる。

紗耶香のメールによると、津野春は廃校を買い取って住んでいるとのことだった。どう考えても変わり者だ。

どこから入っていいものかと悩みながら、校庭を横切り玄関へと近付くと、ふいに大勢の笑い声が降ってきた。驚いて、段差につまずく。

「だっさー」

確かに聞こえた。それに続く高い笑い声。見上げるが、誰もいない。ただ二階の窓が開いていて、白いカーテンがひらひらと揺れていた。

「ちょっと、すみません！」と叫ぶが、何の反応もない。仕方なく正面にある学生用玄関へと向かう。

学生用玄関のガラス扉は鍵が開いていた。眩しい太陽に長い時間さらされたせいで、室内が夜のように暗い。汗を拭きながら、がらんとした玄関にしばらく立ち尽くす。俺たちの頃は昇降口と呼んでいたな、と懐かしい思いがする。目が慣れてくると、図書館の本棚のように並ぶ靴箱が見えてきた。どの靴箱も黒い空洞を抱えている。すのこ板は埃で真っ白だ。

「そのままお入りください」

突然、声をかけられ心臓が止まりそうになる。廊下の暗がりに痩せた女が立っていた。先に姿を見ていたら叫んでしまったかもしれない。黒髪をひとつにまとめ、化粧っけのない青白い顔をしていた。

「えーと、津野春さんですか？」

「違います」と短く答え、「清水さま、お待ちしておりました」と浅く頭を下げた。

「まずはこちらにサインをお願いします」

Ａ４サイズの紙を差しだしてくる。飾りけのない板にクリップで留めただけの、病院の問診票のような紙に目を走らせた。返品交換は受け付けません、二次使用はお控えください、など紗耶香にも確認された注意事項がいくつか書いてある。

立ったまま署名をした。その間、女はじっと待っていた。

マネージャーだろうか。この暑いのに、喪服のような黒い膝下丈ワンピースの上にジャケットをはおっている。とはいえ、自分もスーツ姿だ。

「こんな服装で良かったですかね？」

靴のまま廊下へ上がりながら問うと、「わたくしには判断しかねます」とぴしゃりと言われた。にこりともしない。年増にべたべたされても気持ち悪いが、愛想のない女は癪(しゃく)に障る。話す気が失せ、黙って後ろについて歩いた。ところどころ床板が浮いた廊下がぎしぎしと軋む。

女は階段を上がって三つめの教室で足を止めた。たてつけの悪そうな引き戸を開ける。

「どうぞ」と促され、中に足を踏み入れた途端、甲高い声が鼓膜を貫いた。

教室には女子高生たちがいた。二十人以上はいる。全員がこちらを見て笑っていた。白い半袖シャツに短いチェックのプリーツスカートを穿き、脚をひらいたり片膝を立てたりと、あられもない姿勢で椅子に座っている。机はなかった。そのせいで教室がやけにだだっ広く感じる。

死んだと思っていた校舎が突然、色鮮やかに蘇った気がして、軽い眩暈を覚える。俺が呆然としている間にも女子高生たちは騒ぎ続けた。

「やっぱ、さっきのオヤジじゃーん！」

「うっわーさいあくー！」

「ついてなーい、家でチチオヤ描いている方がましかも！」

口々に喋る。それにいちいち耳障りな哄笑（こうしょう）が混じる。思わず数歩下がっていた。俺のひるんだ姿を見て女子高生たちの笑い声がますます大きくなる。両手を揃えて立っている黒服の女に詰め寄る。

「これ違いますよね！　津野春さんに描いてもらうという話で来たんですけど」

女は表情を変えず俺の顔を見返してきた。

「清水さまは先生の顔をご存知なのでしょうか」

それ以上なにも言わない。ということは、この雌猿の群れの中に津野春がいるということか。ざっと見まわすが、全員十代にしか見えない。いくら年齢非公開とはいえ、紹介制で肖像画を数十年描き続けている画家が女子高生のわけがない。ババアのはずだ。からかわれているのかもしれない。廊下に出る。背後の騒ぎは収まりそうもない。

「どこに行かれるのですか」

「トイレだよ！」

黒服の女に怒鳴りつける。眉すら動かない。ロボットだってもう少し気の利いた表情を作れる。

「元は女子校なので、男子トイレは一階の職員室脇にしかありません。時間が限られていますので、なるべく早くお戻りください」

抑揚のない声を振り払うように足音をたてて一階に降りる。

職員室は学生用玄関を過ぎた場所にあった。タイル張りのトイレは薄暗く、狭かった。水道が通っているか不安になり、錆びの浮いた蛇口をひねると、透明な水が溢れでた。けれど、さすがに飲む気にはならない。ひびの浮いた小便器に用を足すと、紗耶香に電話をかけた。

何度かけても、留守番電話に繋がる。メッセージを送ってみたが、反応がない。なにしてんだよ、と舌打ちする。

狭いトイレの中をうろうろと歩きまわっていると、首筋にちくりと痛みが走った。振り返る。格子のついた窓が半分ほど開いている。俺の足元に細いクリップのようなものが落ちていた。

窓の外には植物が生い茂っていた。昔は庭か小さな植物園だったのかもしれない。様々な種類の樹木や花々が絡まり合うように群生していた。目を凝らすと、傾いだ金網のフェンスの向こうに、緑に覆われた洋館らしきものが見える。獣道のような、下草を掻き分けた細い道が続いていた。

クリップかと思ったものは松葉だった。二本に分かれた緑の針のような葉。根元がべたついて指先に松脂（まつやに）の匂いが残った。風で飛んできたのか。

舞は松葉を投げるのがうまかった。松を見つけると、俺の隙を狙っては投げてきて、首筋や腕に小さな痛みを与えては笑っていた。

気味が悪くなり、携帯電話をポケットに突っ込むと、トイレを出た。

教室へ戻ると、雰囲気が一変していた。女子高生たちは手に手にスケッチブックを持ち、まっすぐ前を見つめている。

黒板の前に椅子が一脚。黒服の女に促され、座る。

すぐさま、女子高生たちが鉛筆を動かしはじめた。紙の上を滑る鉛筆のかすれた音が教室のあちこちで響く。

静かだった。白いカーテンが時折ひるがえるだけで、黒服の女も一言も声を発しない。誰も笑っていないし、俺をからかってもいない。けれど、じわじわと嫌な汗が脇や背中に滲みだす。何度か髪を撫でつける。その度に、女子高生たちは手を止める。すると、教室は耳が痛いほどの静寂に包まれた。

無数の目が俺を見つめていた。見つめ返しても目は合わない。彼女たちの視線は俺の体の表面を撫でまわし、眼球や毛穴に潜り込み、皺や髭の一本一本をあぶりだしていた。人格を剝ぎ取られ、ものとして扱われている気がした。

それでいて、彼女たちが俺という対象に対して何を思っているのかはまるで伝わってこない。まださっきのように騒がれていた方がましだと思う。こんな風に、生きたまま解剖されるような視線に晒されるよりは。

じわじわと嫌悪感がせりあがり、同時に膝ががくがくと震えだした。震えはすぐに体中に広がり、背筋を伸ばしていられなくなる。

ぶはあっと、我ながら醜悪な声がもれた。肩で息をしながら、「ちょっと休ませてください」と黒服の女に手をあげる。顔を手で覆いながら、太腿に肘をつき、背を丸める。ただ、じっと座っているだけで、どうしてこんなにも辛いんだ。

「素人の方はそんなものです」

女の冷ややかな声が聞こえた。女子高生の群れがさざめく。くすくすと笑いが起き、「にしても、早くない?」「根性ないね」「オヤジだからさあ」と好き勝手なことを言っている。

「冷房を入れてくれないか」

駄目もとで言ってみる。やはり「ありません」とすげなく返された。黒服の女がちらりと腕時計に目を遣る。カチカチカチカチと威嚇（いかく）するような音が響いた。女子高生たちがカッターナイフの刃をだしていた。素早く鉛筆を削りはじめる。無駄のない手つきにぞっとする。スカートを払い、またスケッチブックを構えた。

「はじめます」

黒服の女の容赦ない声で、のろのろと身を起こす。うなだれた姿など描かれてはたまらない。必死に胸を張り、腹を引っ込める。

そんな努力を嘲笑うかのように、少女たちの視線が俺の体力も気力も奪い去っていく。

電車のシートに身を沈めると、恐ろしい疲労感に襲われた。そのまま眠ってしまい、降りる駅を過ぎて、また戻り、マンションに帰りつくともう外は真っ暗だった。休日だというのに、会社に行っているのと変わらない。いや、それ以上の苦痛と屈辱だ。

ようやく電話が繋がった紗耶香を怒鳴りつける。エステに行っていたなどと能天気なことを言っていたので心底腹がたった。紗耶香は半泣きで謝り、自分も紹介されただけだからシステムがよくわからないのだと弁解した。なにぶん芸術家のすることだから常人には想像がつかない、もうしばらく通ってはもらえないかと懇願してくる。

あんまりに必死なので、段々と憤りも収まってきた。所詮は女子高生だ。そう思うと、紗耶香も「でも高校生なんでしょう」と言ってきた。

「どうしてかしら。最初から画家さんの前だと緊張するからなのかな。確か、画塾もされているみたいだから」

「そうだよねえ」と紗耶香が頷く気配が伝わってくる。

そうだ、女子高生なんかに緊張することはなかった。叱りつけてやれば良かった。

ごめんね、と、お願いね、を繰り返して電話は切れた。風呂に入ってビールを飲むと、ボロ校舎での出来事は遠いものになった。紗耶香からはいつものように眠る前のメッセージがきていた。

けれど、次の週末も、その次も、教室で俺を待っているのは女子高生たちだった。何度、黒服の女に食ってかかっても、「先生はいらっしゃいます」の一点張りだった。女子高生たちは相変わらず無礼で、俺を囃したて、陰口を叩くくせに、個別には一切コミュニケーションを取ってこようとはしなかった。

「うるさいぞ」と怒鳴っても、聞こえていないかのように振る舞う。それか、全員で大爆笑をした。どんなに女子高生たちが騒ごうと、黒服の女は注意しなかった。女子高生たちが静かになるのは、黒服の女の「はじめます」の声がかかる時だけだった。

女子高生たちは描きはじめると、無数の目を持つ一塊になった。それは並々ならぬ威圧感に満ちていて、俺の体と精神をへとへとになるまでなぶった。敵意とは違う、それよりもっと残酷なものを向けられている気がした。

ボロ校舎を後にすると、夢だったように思えるのだが、いざ彼女たちの目を前にすると言い返すことも自由に動くことも出来なくなった。

一度、廊下で若い男とすれ違った。背が高く、Tシャツの上から筋肉のなめらかな隆起が見て取れた。男は俺を一瞥すると、黒服の女に微笑みを浮かべて会釈した。俺が出てきたばかりの教室に入っていく。俺の時とは明らかに違う好意的な歓声があがる。

クソガキが、と毒づく。浅はかな奴らだ、若さが一番だと思っていやがる。人を見る目もなく、人生の経験値も低い、あんな馬鹿共になぜ毎週、毎週、外見を値踏みされなきゃいけないのか。

もううんざりだと紗耶香を怒鳴りつけた。彼女は泣き、父も母も津野春のファンで絵の完成を楽しみにしていると言った。続けて欲しいと哀訴され、怒りと絶望で吐き気がした。

そのうち、疲労が溜まり、バスと電車を乗り継いでマンションに帰ると、ビールを飲んで寝てしまうだけになっていった。

暑さは日に日に激しくなった。汗を拭き拭き坂を上り、ボロ校舎に通った。お盆休みには隔日で行く約束だった。もうそのまま泊まり込んでしまいたいと思った。ただただ時間が過ぎるのを待った。

まるで儀式のように女子高生たちは俺をからかった。「おじさん、結婚してるの？」と訊いてきた子がいた。「婚約者がいる」と答えても「婚約者だってー古ーい」と笑われる。

「どこで出会ったのー」

「教えてくださーい」

「どんな人ですかあ」

声があがる。マッチングサイトだなんて絶対に言わない。会社の人間にだって隠しているのだから。

「二十四歳のままあきれいな子だ」

鼻を明かすつもりで言うと、「えーババアじゃん」と椅子の上にあぐらをかいた女子高生が下品に笑った。かっと頭に血がのぼる。「おじさん、どんだけお金つんだの？」「ロリコン、きっもー」騒ぐ女子高生たちを眺めていると、昔のことを思いだした。

これくらいの歳の子を嘲笑ったことがある。分厚い眼鏡をかけた背の高い子だった。身長を気にしているのかいつも猫背で、俺とはあまり目を合わせようとしなかった。

あれは、舞とうまくいかなくなりだした頃だった。舞の従妹だというその女子高生はしょっちゅう俺たちの住むマンションに遊びにきては、舞と深夜まで内緒話をしていた。くすくすと抑えた笑い声が耳について苛々した。

海外に仕事で行っては、お土産を買ってきてくれる従姉に憧れているのは一目瞭然だった。進路相談という名目でやってきては、舞にブランドものの洋服を着せてもらったり化粧してもらったりして頰を紅潮させていた。俺には、微塵も羨望の目を向けはしなかった。

ある日、定時で家に帰ると、地味なローファーが舞のパンプスと並んで玄関に揃えてあった。またか、と思った。しかも、来ることも知らされていなかった。わざと足音をたてて居間に入ると、「あれ、早いね」と舞が振り返った。嫌味に聞こえた。

「そっちこそ、なんでいるの」

舞の従妹への当てつけのつもりだった。舞は「こないだの休日出勤の代休」とあっさりと返してきた。

ローテーブルに散乱する菓子や飲み物を横目にソファの真ん中に座る。変な沈黙が流れた。舞が「ちょっとトイレ」と立ちあがる。「ビール取って」と声をかけたが、返事はなかった。代わりに舞の従妹が立ちあがって冷蔵庫から缶ビールを取ってきてくれた。

「ありがとう、優しいね。いい奥さんになるよ」と言うと、目を合わさず「ありがとうございます」と呟く。その前に、お邪魔してます、だろと思いながらプルタブを開ける。

「あの……」と従妹が小さな声をあげた。

「舞ちゃんも優しいですよ」

　はっと笑ってみせる。

「あれは駄目だよ、可愛げないし」

「でも……舞ちゃんと結婚するんですよね」

　なるほど、と悟った。舞の奴、俺の悪口でも話していたのだろう。仲を取り持とうとしている従妹も鬱陶しかった。凶悪な気持ちになる。舞がトイレから洗面所に移ったのを耳で確認して言った。

「どうかねえ、歳がなあ。君くらいからしたら舞なんてもうババアじゃないの？」

　舞の従妹は硬直した。まだ子供に近い女の、歪んだ顔が愉快だった。女はみんなこの「ババア」という言葉に怯え、傷つく。娯(たの)しい。

「……舞ちゃんはまだ二十九です」

「もう十分婚期逃してるって。嫌だよ、俺、残りもん食わせられんの」

　舞に聞こえるように笑った。

「まあ、でも、いいんじゃないの。あいつには仕事があるんだから。君も気をつけた方がいいよ、女の賞味期限なんてあっと言う間だから」

　舞の従妹はもう何も言わなかった。舞が戻ってくるまで、ただ黙って俯(うつむ)いていた。

　気付くと、教室は静かになっていた。女子高生たちの目が俺に注がれている。なんだよ、と思う。思うが、見返せない。

大きくカーテンが膨らみ、女子高生たちの長い髪が風に舞った。斜めになったいくつかのスケッチブックから紙がするりと落ち、床を滑っていく。

目の前を灰色の鉛筆画が流れた。

それは見覚えのあるパーツだった。あばたの残る頰、不揃いの眉毛、毛髪の薄くなった頭皮、たるんだ下顎、脂の浮いた小鼻……拡大された俺の顔のひとつひとつが吐き気をもよおすほどリアルに描かれている。無数の自分。

女子高生たちは笑わなかった。床に散らばったスケッチと俺の顔を黙ったまま見比べていた。正確に、寸分の狂いもなく写し取ろうとするように。

思わず立ちあがっていた。「休憩ですか？」と黒服の女が反応する。返事をせずに廊下へ出る。

「十分で戻ってくださいね」という声を背中で聞いて、階段を駆け下りる。非常口から植物が茂る庭へと走り出る。叫び声をあげながら、傾いたフェンスを越え、蔦に覆われた古い洋館の裏へ逃げた。そして、木下闇に飛び込んだ。

蒸し暑い叢（くさむら）の中でじっとしていると、黒服の女の声は遠くなり、やがて聞こえなくなった。

あちこちを藪蚊にやられ、猛烈な痒（かゆ）みに身をよじらせる。俺の体の動きに合わせて植物がざわざわと音をたてた。

溜息をつく。どうして逃げてしまったのか、わからない。ただ、もう無理だと思った。もう耐えられない。そう言えばいいのに、こんなところに逃げ込んでどうなる。

馬鹿馬鹿しい、と立ちあがろうとした時、首筋にちくりと痛みが走った。蜂かと思い、慌てて手をやる。指に触れたのは濃い緑の松葉だった。シャツの襟に引っかかっていた。頭上を仰ぐ。松はない。

ひゅう、と口笛が聞こえた。振り返ると、崩れかけた小屋のようなものの前に白髪の老婆が立っていた。南国の花のような派手な色の、長いワンピースを着ている。骨組みだけになったその小屋は、よく見ると元は温室のようだった。老婆のサンダルの下で、粉々になったガラスがちかちかと光っていた。

「ギブアップかい」

老婆が目を細めて言った。「男はやわだね、見られることに慣れてない」喉の奥でくつくつと笑う。「まあ、構わんさ。もう絵はできているから」

「あんた……」

津野春か、と言おうとするが、唇が前歯に張りついてうまく喋れない。老婆はゆらゆらと頷いた。

「あんた……どこから、俺を」

「あんな隙間だらけの建物、どこからだって覗けるさ」

平然とした態度に責める言葉が浮かばない。

「全員にああしているわけじゃない。お前さんのは紹介主の要望に従っただけだよ」

「紗耶香が？」

皺だらけの口元がにいっと歪んだ。「いいや」と笑う。

「岡田舞さん」

え、と口をひらいたまま言葉を失う。

「あたしはちょっと特殊な肖像画も描いていてね。岡田舞さんは昔からそっちの仕事を仲介してくれているんだ。あんたの婚約者の紗耶香さんも描いたことがあるよ、舞さんと一緒にね」

紗耶香は描いてもらったことはないと言っていた。何も知らないと。

「舞と紗耶香は……」

「おや、知らないのかい。従姉妹だろ」

「二人が？」

「ひとまわり歳の離れた従姉妹だって聞いたね。彼女たちの依頼は一緒だった。老後の肖像画だよ」

「老後の？」

「ああ、老いた姿をね、描くんだ。二人は絵の中では双子みたいだったね。おや、意外そうだねえ。自分の老後の姿を知っておきたいって女性は多いんだよ。この肖像画の依頼主はほとんどが女性だね」

老婆が俺の顔を見て、可笑しそうに声をあげる。

「なんだい、呆けた顔して。お前さんの紹介は舞さんからのプレゼントだよ」

舞の顔が浮かばない。あの時、言葉を投げつけた眼鏡の従妹の顔ばかりが浮かぶ。いや、分厚い眼鏡でさえぎられて顔がはっきりとわからない。紗耶香の顔がゆっくりと重なっていく。

「あの子が紗耶香なのか……」

ふん、と老婆が鼻を鳴らす。

「思い出にひたるのは後にしてくれ。とりあえず、舞さんに頼まれたことを伝えるよ。あんた、別れ際に言ったんだろ」

「なにを?」

思いだせない。あなたとじゃ結婚できない。そう言って舞は出ていった。俺は確か、こっちの台詞だ、と言い返した。それから——

「誰がお前みたいな年増をもらうか、もう卵子だって腐ってるだろ」

老婆がゆっくりと言った。俺の目を覗き込む。

「やっぱり覚えていないんだね」

記憶にない。でも、目を見ひらいたあいつの顔は覚えている。あいつが悪い。あいつが俺から逃げようとしたから。

「あんたと別れた後、舞さんは産婦人科へ行ったそうだよ。子宮筋腫が見つかって、すぐに手術だったたって」

へ、とかすれた声が俺の口からもれた。

「俺、いいことしたじゃないですか」

「ああ、そうだよ。言いにくいことを言ってくれた。現実を見せてくれた。ありがとう。だから、これが御礼だってさ」

老婆は細い煙草に火を点けた。苦い香りが漂い、唾が込みあげる。一本でいいから分けて欲しい気分だった。「あんたはさ」と、老婆が白い煙をゆっくりと吐きだす。

「自分だけが歳を取らないとでも思っているんだろ。あるいは、自分たち男だけはゆっくり老いるのだと。賞味期限は長いとか考えてんだろうね。あたしたち女はね、あんたらみたいな男のせいで、早くから歳を意識させられるんだよ。毎日、鏡を覗き込んで化粧して、年齢に応じた振舞いを暗に要求されて。だからさ、強いんだよ、見られることにも、現実にもね」

皺に覆われた目を静かに細める。

「人生で若い時分なんてのは一瞬だよ。老いてからがさ、長いんだ」

お前さんは耐えられるかい。そう言うように煙を吐くと、「まあ、あたしも昔は知らなかった。ここは思い出の場所なんだ」と掠れた声で言った。

「ひどいなりだね。風呂でも入っていくかい」

細い煙草で、古い洋館を指す。

「ババアに覗かれても恥ずかしくないだろ」

くくく、と喉で笑う。よろよろと立ちあがり、背を向ける。

「哀れだねえ、若い女と結婚することくらいしか勝つ方法がなかったんだね」

背後で植物がわさわさと揺れる気配がした。すべてが笑い声に変わる。早くここから離れなくては。

学生用玄関で黒服の女が待っていた。封筒と、ずしりと重い紙袋を手渡される。封筒を開くと請求書がでてきた。給料三ヶ月分よりはるかに大きい金額が記されている。

校門を走り出て、紗耶香に電話をかける。バスに乗りながらもかけ続ける。すがりつくように携帯電話を握り締め、何度もかけたが、繋がることはなかった。片手に紙袋を持ったまま駅のベンチに座り込む。

見なくてもわかる。この中には醜い中年男が入っている。俺は日々劣化していくこれを抱えて生きていかなくてはいけないのだ。これからの長い、長い、時間を。

舞の笑う顔が、老婆の姿にかぶった。紗耶香、女子高生、あらゆる女たちが笑っていた。自分の笑う姿は想像できなかった。

解説――正しさと逸脱

桐野　夏生

「最初、わたしたちは四人だった。
わたしと環と麻美と恵奈の四人。わたしたちは太っても痩せてもなく、目立って愚図でも飛びぬけて優秀でもない普通の女の子で、大学までエスカレーター式の私立の中等部で出会った」

本書に収められた最初の短編「温室の友情」の出だしである。何という秀逸な始まりだろうか。女子中高校生ならば、「痩せて」いるだけで、友人からの羨望や嫉妬の声を聞くことがあるだろうから、大きな自己肯定感を得られるかもしれない。が、もし「太って」いたならば、その子の自意識は、痩せたい願望やコンプレックスによって、より複雑になるはずである。「愚図」であっても、「飛びぬけて優秀」な生徒だとしても、孤独のイメージがつきまとい、なかなかグループには入れないだろう。

主人公たちは、そのどれでもないが故に、「普通」であり、皆が揃って「普通」であることによって仲がよい。それは、同質の「塊」の中にいることの幸福であろう。同質であればあるほど、「塊」の中は居心地がよくなるのだから。

成長するに従って、この「塊」は解けてばらばらになる。その「塊」に留まりたいと願う者と、逸脱してゆく者とが感じる、それぞれの違和。その微妙な心の動きを、作者はうまく描いている。

ちなみに、本書は巧みに仕組まれた連作短編集である。

さらりと読むと、一見ばらばらのように見える。「温室の友情」の明らかな続編は、「偽物のセックス」と「桃のプライド」だけだが、実は他のどの短編も、「温室の友情」の四人の女から派生した物語のようだ。

それは、勾配のある地面を水が枝分かれして流れてゆくがごとく、ある時はほんのちょっぴり、またある時は太い流れとなって、四人の影があちらこちらに顔を出す。

だから、どの短編も、「塊」としての鬱陶しさと重苦しさであったり、そこから逸脱することの歓びや、恐怖を描いている。

「塊」からの逸脱が何によってもたらされるかと言えば、他者との出会いであろう。多くの場合は異性であり、仕事であり、家族であったりもする。つまり、自分ではどうにもできないものの存在である。そのようなことを念頭において、それぞれの作品について考えてみたい。

「温室の友情」

『正しい女たち』と名付けられた本作の、源流となる作品だ。遼子、恵奈、麻美、環ら、四人の女子高生は、似た者同士で仲良しグループを作り、放課後は廃屋の温室でマンガを読んだり、お喋りをして楽しく過ごしていた。互いに何でも話していたから、「それぞれの彼氏のセックスの癖からペニスの形状まで知っていた」ほどだった。

だが、大学に入った頃から、グループはばらけ始める。麻美は同棲し、背が伸びて美しくなった環は、本格的にタレント活動に身を入れる。他方、遼子と恵奈は堅実だった。一年の語学留学を経験し、一流企業の正社員の道へと努力する。

四人が三十歳を過ぎた時、「普通」だった四人のうち、彼女たちの考える「普通」の道を歩むのは、遼子と恵奈だけとなった。その恵奈が年上の男と不倫をしている、と知った遼子は、恵奈の逸脱を許さなかった。お節介とも言える遼子の行動は、「普通」の堅実さが持つ傲慢さでもある。

では、麻美と環はどうしたか。二人のその後を描いた作品が、「偽物のセックス」と「桃のプライド」である。

「偽物のセックス」

四人の中でただ一人、専業主婦となった麻美の物語。が、語り部は、麻美の夫である。ある日、会社の飲み会でセックスの秘密を互いに暴露しようという流れになり、麻美の夫は、セックスレス状態になっている自分たち夫婦のことを苦く思う。

その夜、同じマンションに住む夫婦の交わす甘い抱擁を目撃した夫は、以来、その家の女にとらわれるようになる。二人目が欲しい妻の麻美に迫られると腰が退けるのに、その女と関係を結びたいのはどうしてか。

ある日、女に迫ると、婚姻による正しいセックスでないとできない、と断られる。何が正しくて、正しくないのか。夫婦の行為などつまらない、逸脱こそに真の興奮があるのに、と麻美の夫は混乱するのだった。

「桃のプライド」

タレント活動をする環が主人公となる。環は三十歳を越え、若い頃のようにちやほやされることのなくなった自分に、焦りを感じている。タレントとモデルの間のような中途半端な仕事も、なくなりつつあった。環は、自分に抜きん出た才能がないことを承知しており、そのことに傷付けられているのだ。

久しぶりに、四人グループで会おうということになったが、子供のいる麻美は欠席、遼子と恵奈の二人が環を待っていた。金回りもよく、充実した二人に対して、環は引け目を感じる。それは、遼子と恵奈が放つ「普通」であることの、暴力的なまでの屈託のなさに対してだった。

環は完全に二人のいる「塊」から逸脱した自分を認識する。しかし、自分が属する芸能界という「塊」は、格差のある「塊」で、才能のない自分は落ちてゆくしかない。その時、環は高校時代の「塊」にも、もはや格差が生じていることに気付くのだった。

「海辺の先生」

海辺の町で、スナックを経営する母親の元で暮らす少女。少女は、酔客が夜遅くまで騒ぐスナックという家業と、客に媚びを売る母親を毛嫌いしている。自暴自棄になった少女の前に、「先生」が現れ、勉強を見てくれる。そして、彼女は大学に入り、町を出て行くことができた。母と町と両方の「塊」から脱出を図る物語だが、「先生」もまた、何かに閉じ込められていたことがわかる。

この作品だけが、「温室の友情」との繋がりを発見できなかった。だが、「先生」の嘘が暴かれた途端に、なぜかぬめりを帯びた艶が光りだす。もしや、少女は「偽物のセックス」で描かれた、麻美の夫の思い出の中の女では、などと妄想が湧く。

「幸福な離婚」

主人公ミヤと夫のイツキは、四カ月半後に離婚すると決めた。しかし、離婚を決めてからの日々は何と甘美なのか。二人は繭に閉じ籠もるように幸福なセックスをし、美味しい食べ物を分け合って暮らす。

心と体がそれぞれ違う動きをすることに戸惑う女の心境を描くのは、作者の真骨頂であろう。この作品に描かれているのはそれだけではなく、婚姻から逸脱する二人が、どう魂の決着を付けるか、ということへの静かな決意というものであろうか。この先が読みたい。

ちなみに、「イッキ先生」とは、「偽物のセックス」の中で、麻美の夫が気になる女が口にする名前である。また、ミヤにメールを送ってくる「西村」は、恵奈の不倫相手であろう。四人の放った糸がどこまで伸び、絡んでいくのか、気になる展開である。

「描かれた若さ」

女の年齢を殊更にあげつらう男の醜悪さを、まるで復讐譚のように描いている。この作品で描かれる「正しい女」とは、まさしく正義を行う者としての「正しさ」であろう。これはこれで小気味よい。

『正しい女たち』という、この短編集に付けられた総タイトルは、正統と異端、また女たちの真の姿としての正しさ、そして、正義を行うという意味もあるのだろうか。いつもながら率直で深い思索を誘う本作は、末長く読者に愛されることだろう。

（作家）

初出一覧

「温室の友情」　オール讀物　二〇一七年五月号「卵の殻」改題
「海辺の先生」　小説BOC 3「潮風とスナック」改題
「偽物のセックス」　オール讀物　二〇一六年一〇月号「正しいセックス」改題
「幸福な離婚」　週刊文春　二〇一六年四月一四日、二一日、二八日号「カウントダウン」改題
「桃のプライド」　オール讀物　二〇一七年一〇月号「ピーチガール」改題
「描かれた若さ」　書き下ろし

単行本　二〇一八年六月　文藝春秋刊

文春文庫

正しい女たち（ただしいおんなたち）

定価はカバーに表示してあります

2021年5月10日　第1刷
2023年2月5日　第2刷

著　者　千早茜（ちはやあかね）
発行者　大沼貴之
発行所　株式会社文藝春秋

東京都千代田区紀尾井町3-23　〒102-8008
TEL 03・3265・1211(代)
文藝春秋ホームページ　http://www.bunshun.co.jp

落丁、乱丁本は、お手数ですが小社製作部宛お送り下さい。送料小社負担でお取替致します。

印刷・凸版印刷　製本・加藤製本

Printed in Japan
ISBN978-4-16-791687-9

（　）内は解説者。品切の節はご容赦下さい。

瀬尾まいこ
そして、バトンは渡された
幼少より大人の都合で何度も親が替わり、今は二十歳差の〝父〟と暮らす優子。だが家族皆から愛情を注がれた彼女が伴侶を持つとき——。心温まる本屋大賞受賞作。（上白石萌音）
せ-8-3

太宰　治
斜陽（しゃよう）　人間失格（にんげんしっかく）　桜桃（おうとう）　走（はし）れメロス　外七篇
没落貴族の哀歓を描く「斜陽」、太宰文学の総決算「人間失格」、美しい友情の物語「走れメロス」など、日本が生んだ天才作家の代表作が一冊になった。詳しい傍注と年譜付き。（臼井吉見）
た-47-1

橘　玲（あきら）
ダブルマリッジ
商社マンの憲一の戸籍に、知らぬ間にフィリピン人女性の名が。これは重婚か？　彼女の狙いは？　やがて物語は悲恋へと変貌する。事実に基づく驚天動地のストーリー。（水谷竹秀）
た-77-3

滝口悠生
死んでいない者
大往生を遂げた男の通夜に集まった約三十人の一族。親族たちの記憶のつらなりから、永遠の時間が立ちあがる。高評価を得た芥川賞受賞作に加え、短篇「夜曲」を収録。（津村記久子）
た-101-1

高橋弘希
送り火
父の転勤で東京から津軽の町へ引っ越した少年が、暴力の果てに見たものは？　圧倒的破壊力をもつ芥川賞受賞作と、「あなたのなかの忘れた海」「湯治」の単行本未収録二篇。
た-104-1

高見澤俊彦
音叉
THE ALFEE・高見沢俊彦の初小説！　70年代の東京を舞台に、バンドのプロデビューを控えた大学生たちの青春を恋と当時の洋楽を交えていきいきと描きだす。文庫用エッセイも収録。
た-106-1

多和田葉子
穴あきエフの初恋祭り
重ねたはずの手紙のやりとり。キエフの町のお祭り。電話番号にひもづいたアイ電ティティ。「私」の輪郭が揺らぐ時代のコミュニケーション、その空隙を撃つ短篇集。（岩川ありさ）
た-107-1

谷崎潤一郎
刺青　痴人の愛　麒麟　春琴抄

女に畢生の刺青を施す彫師(「刺青」)、美女と孔子の対決(「麒麟」)、淫蕩な女に翻弄される技師(「痴人の愛」)、音曲の師匠に尽くす男(「春琴抄」)。戦前傑作四篇。(井上　靖)

た-108-1

千早　茜
男ともだち

冷めた恋人、身勝手な愛人、誰よりも理解しながら決して愛しあわない男ともだち――29歳の女性のリアルな心情と彼女をとりまく男たちとの関係を描いた直木賞候補作。(村山由佳)

ち-8-1

千早　茜
ガーデン

「発展途上国」で育ち、植物を偏愛し、他人と深く関わらない編集者の羽野。だが、ニューヨーク育ちの理沙子との出会いや、周囲の女性の変化で彼の人生観は揺らぎ出す。(尾崎世界観)

ち-8-3

津島佑子
狩りの時代

誰かが、幼い私の耳元で確かにささやいたのだ――お前の兄はフテキカクシャだと。大家族の物語はこの国の未来を照射する。逝去直前まで推敲を重ねた、津島文学の到達点。(星野智幸)

つ-15-2

辻村深月
東京會舘とわたし　上　旧館

大正十一年、丸の内に創業以来、パーティや結婚式、記者会見等で訪れる人々の物語を紡いできた社交の殿堂。震災や空襲、GHQの接収などを経て、激動の昭和を見続けた建物の物語。

つ-18-5

辻村深月
東京會舘とわたし　下　新館

平成では東日本大震災の夜、帰宅困難の人々を受け入れ、その翌年には万感の思いで直木賞の受賞会見に臨む作家がいた。そして新元号の年、三代目の新本館がオープンした。(出久根達郎)

つ-18-6

津村記久子
婚礼、葬礼、その他

友人の結婚式に出席中、上司の親の通夜に呼び出されたOLヨシノのてんやわんやな一日を描く表題作と「冷たい十字路」を収録。いま乗りに乗る芥川賞作家の傑作中篇集。(陣野俊史)

つ-21-1

（　）内は解説者。品切の節はご容赦下さい。

夏目漱石
こころ　坊っちゃん
青春を爽快に描く「坊っちゃん」、知識人の心の葛藤を真摯に描く「こころ」。日本文学の永遠の名作を一冊に収めた漱石文庫。読みやすい大きな活字、詳しい年譜、注釈、作家案内。（江藤　淳）
な-31-1

夏目漱石
吾輩は猫である
苦沙弥、迷亭、寒月ら、太平の逸民たちの珍妙なやりとりを、猫の視点から描いた漱石の処女小説。滑稽かつ饒舌な文体と痛烈な文明批評で日本中の話題をさらった永遠の名作。（江藤　淳）
な-31-3

長野まゆみ
鉱石倶楽部
「葡萄狩り」「天体観測」「寝台特急」「卵の箱」——石から生まれた美しい物語たちが幻想的な世界へ読者を誘う。ファンタジー短篇「ゾロ博士の鉱物図鑑」収録。著者秘蔵の鉱石写真も多数掲載。
な-44-2

長野まゆみ
フランダースの帽子
ポンペイの遺跡、猫めいた老婦人、白い紙の舟、姉妹がついたウソ、不在の人物の輪郭——何が本当で何が虚偽なのか。消えゆく記憶の彼方から浮かび上がる、六つの物語。（東　直子）
な-44-6

長嶋　有
猛スピードで母は
母は結婚をほのめかしアクセルを思い切り踏み込んだ。現実にクールに立ち向かう母の姿を小学生の皮膚感覚で綴った芥川賞受賞作。文學界新人賞「サイドカーに犬」も併録。（井坂洋子）
な-47-1

長嶋　有
タンノイのエジンバラ
「なんか誘拐みたいだね」。失業中の俺はひょんなことから隣家の娘を預かるはめに……。擬似家族的な関係や妙齢女性の内面を芥川賞作家・長嶋有独特の感性で綴った作品集。（福永　信）
な-47-2

中村　航
赤坂ひかるの愛と拳闘
北海道からボクシングチャンピオンを。その夢を叶えたただ一人の男・畠山と、ボクシング未経験の女性トレーナー・赤坂ひかるの、二人三脚の日々。奇跡の実話を小説化。（加茂佳子）
な-52-3

文春文庫　最新刊

一人称単数　村上春樹
各々まったく異なる八つの短篇小説から立ち上がる世界

名残の袖　仕立屋お竜　岡本さとる
「地獄への案内人」お竜が母性に目覚め…シリーズ第3弾

夜の署長3　潜熱　安東能明
病院理事長が射殺された。新宿署「裏署長」が挑む難事件

武士の流儀（八）　稲葉稔
清兵衛が何者かに襲われた。翌日、近くで遺体が見つかり…

セイロン亭の謎　平岩弓枝
セレブ一族と神戸の異人館が交錯。魅惑の平岩ミステリー

オーガ（ニ）ズム　上下　阿部和重
米大統領の訪日を核テロが狙う。破格のロードノベル！

禿鷹狩り　禿鷹Ⅳ〈新装版〉　逢坂剛
極悪刑事を最強の刺客が襲う。禿富鷹秋、絶体絶命の危機

サル化する世界　内田樹
サル化する社会での生き方とは？　ウチダ流・警世の書！

「司馬さん」を語る　菜の花忌シンポジウム　司馬遼太郎記念財団編
司馬遼太郎生誕百年！　様々な識者が語らう「司馬さん」

もう泣かない電気毛布は裏切らない　神野紗希
俳句甲子園世代の旗手が綴る俳句の魅力。初エッセイ集

0（ゼロ）から学ぶ「日本史」講義　中世篇　出口治明
鎌倉から室町へ。教養の達人が解きほぐす激動の「中世」

人口で語る世界史　ポール・モーランド　渡会圭子訳
人口を制する者が世界を制してきた。全く新しい教養書

シベリア鎮魂歌　香月泰男の世界〈学藝ライブラリー〉　立花隆
香月の抑留体験とシベリア・シリーズを問い直す傑作！